Nuestra señora de la esperanza

Nuestra señora de la esperanza

David Monthiel

Rocaeditorial

Novela ganadora del Premio Internacional de Novela Negra L'H Confidencial en su decimotercera edición. Premio coorganizado por el Ayuntamiento de L'Hospitalet.

© 2019, David Monthiel

Primera edición: octubre de 2019

© de esta edición: 2019, Roca Editorial de Libros, S.L.
Av. Marquès de l'Argentera 17, pral.
08003 Barcelona
actualidad@rocaeditorial.com
www.rocalibros.com

Impreso por RODESA
Estella (Navarra)

ISBN: 978-84-17541-07-1
Depósito legal: B. 19197-2019
Código IBIC: FF; FH

RE41071

La nostalgia se codifica en un rosario de muertos y da un poco de vergüenza estar aquí sentado frente a una máquina de escribir, aun sabiendo que eso también es una especie de fatalidad, aun si uno pudiera consolarse con la idea de que es una fatalidad que sirve para algo.

RODOLFO WALSH

Justicia quiero, no sacrificios.

Oseas 6, 6

Esta es nuestra tesis: el ser humano se justifica por la fe independientemente de las obras de la Ley.

Romanos 3, 28

EGIPTO

1

La parábola del Konsomol angango

—*Y* dice el nota: «Vamos a organizarnos, ¿no?, que ya me han *dao* tres veces por el culo».

El remate del chiste de la orgía a oscuras fue subrayado por dos palmadas y una carcajada falsa que terminó en tos de tabaquismo del narrador.

—*Pa* echarte, Moi, qué cosa más mala —evaluó el otro con la voz ronca.

—*Tes-qui-par*-carajo-ya —calificó el tercero como si compusiera una palabra alemana.

Los tres habían dejado atrás la esclavitud de aquel Egipto del ocio nocturno que era la Punta de San Felipe. Ciegos, puestos, ebrios. El éxodo los había arrojado a la ratonera de calles del centro de Cádiz. Iban de camino a La Tierra Prometida, en la que les sirvieran el maná de la penúltima.

—Ya estoy yo *acostao* —bostezó Abraham.

—Espera, carajo, no te *tangue* —dijo el Moi—. ¿Qué bulla *tiene*?

—Son las siete y pico de la mañana, *coone*.

—¿Mañana *trabaja*?

—¿Yo? —Se señaló irónico—. *Na*.

—*Pontonse, pisha*.

Se uniformaban con la ropa que los hacía diferentes pero

en el fondo iguales. Pantalón pitillo y zapatillas de cordones sin calcetines. Tres variables en el abrigo: un chaquetón de paracaidista verde oliva para Moisés, un chubasquero de diseño para Abraham y un plumas de camuflaje que resguardaba del frío de la madrugada a Isaías. Barbas de imán yihadista o de profeta pero recortadas por barbero del enrolle, cortes de pelo con flancos al uno, que les dejaban toda la responsabilidad a unos flequillos que se movían al paso trunco de la noche y la marcha. Se les intuían tatuajes en brazos y espalda, dietas, suplementos alimenticios y batidos de proteínas, horas de gimnasio en las que trabajaban la asimetría corporal del infladito.

—*Ira*, ahora lo que pega es que el Todopoderoso esté en La Tierra Prometía, y nos invite a unos cubatitas y a un par de tiritos. Y luego vamos a desayunar churros —expuso el Moi con ímpetu de planificador total de la economía de ocio—. Llámalo.

La esperanza en el último refugio les animó el paso. Serpentearon por las calles baldeadas bajo la luz mustia de las farolas y el silencio de ataúd con cristales de los cierros. Las casapuertas eran túneles hacia el sueño mullido de las mañanas del fin de semana. En el pasillo que enmarcaban las cornisas y el cableado del cielo de abril, el Moisés encontró la estrella del alba. El Isaías consultó el móvil.

—El Todopoderoso no me responde.

—Este se ha ido *pal* sobre.

El Isaías pareció encontrar algo en el móvil que debía compartir, como si hubiera localizado la partida de nacimiento del Planeta o la del Tío Gregorio, el carnicero cantaor de las *Cartas marruecas*.

—*Ira*, ¿qué? —Les mostró la fotografía de una mujer en el móvil.

Abraham y el Moisés escrutaron la pantalla con un fervor análogo al de los que admiran estampitas religiosas o las divinidades primitivas del Mediterráneo.

—*Dio.* —El Moi estiró la «o» hasta el límite del oxígeno—. Qué *bastinaso*, illo. Una diosa. *Mare* mía.

—Está que cruje, primo —catalogó el Abraham—. *Pa* comérsela.

—¿*Quiené?* —preguntó el Moisés.

—La Esther. Illo, la de las elecciones.

—La alcaldesa, *pisha*, ¿no *las reconosío?*

—Yo qué sé, *coone.*

—A ver si me llama para trabajar, ¿que no, Moi?

—Tú *quiere* un trabajo, no trabajar, quillo.

—Tú pídele, como hace la gente —recomendó el Isaías—. Ha *colocao* a un coleguita mío.

—¿*Ji?*—se sorprendió el Abraham—. ¡Joé!

La monotonía de las fachadas se quebró cuando apareció la mella de un solar asalvajado por un sotobosque de hierbajos sin poeta ni botánico que los cantara. Era un hueco anómalo en el friso dieciochesco. Bolsas de basura destripadas, gatos bien alimentados, escombros de tapadillo y, a siete metros de profundidad, el ajuar de una dama fenicia que los años de abandono nunca habían desvelado. Una estructura oxidada contenía los muros de las dos fincas contiguas. La espuma naranja que recubría la mella y la aislaba de la humedad parecía un hojaldre tostado recién hecho. El Moi giró la cabeza hacia el solar.

—Me meo *toa.*

La preparación del desagüe estuvo precedida por el paso sobre la grava y la basura. El Moisés se paró, abrió las piernas. El chorro ambarino cayó con un murmullo de fuente y caudal. En un giro para observar si sus dos colegas seguían allí, en la orilla del solar, el rumor de goteo varió hasta el siseo afelpado de cascada que cae sobre cojines o piedras con verdín. El cambio llamó la atención del meón.

—Ostia, illo —gritó dando un respingo.

Estaba meando sobre una mano.

—¿Qué te pasa, Moi? —le preguntaron desde la distancia.

La mano dio paso a una manga y a un brazo, hasta llegar a un hombro.

—Un nota *tirao*. —El pánico distorsionó la voz del Moi.

—¿Qué *dise*?

El cuerpo parecía haber caído como una pluma sobre la vegetación salvaje. Tenía la ropa húmeda, el rostro que se entreveía, sereno en la muerte. La sangre seca, un trozo de seso emergía del golpe que le había partido el cráneo. El Moisés recibió a los amigos guardándose a su hermano pequeño sin quitar la vista del cadáver.

—*Dio*. Este está frito.

Abraham evitó mirar la herida abierta. Isaías escrutó el rostro. Se llevó la mano a la frente.

—¡Me-*cagon*-la-puta! Este tío es el *concejá*. El Grabié.

—¿*Questá-blando*, illo? No puede-*sé*.

Dieron un paso hacia atrás como si verbalizar la situación los asustara.

—¡Qué carajo hace aquí un *concejá*, por mi *mare*! —se quejó el Moisés sin saber que quince minutos antes un coche de policía había patrullado la calle a veinte por hora, que el policía del asiento del conductor había echado un vistazo al solar sin observar nada raro.

—Nos tenía que pasar a *nojotro* —protestó el Abraham sin saber que treinta minutos antes dos enchaquetados, que se recogían siguiendo la serpiente del exceso en sus pasos, también entraron en el solar a mear pero no encontraron el cadáver.

ÉXODO

2

El espía que surgió del Procosur

*B*echiarelli hablaba por teléfono. Se paseaba por lo que él llamaba «oficina», aquel angosto local de humedades en la calle Bendición de Dios. Sorteó la sábana en el suelo, los botes de pintura abiertos, el rodillo y los trapos. Argumentaba con una chicharra apagada entre los dedos.

—Que sí, que no te preocupes, la niña está bien. Lo único que me ha dicho es que la dejes en paz, que no la agobies. —Escuchó un momento a su interlocutor—. No, no está *preñá*. Se está buscando la vida. ¿Que dónde?

Bechiarelli quiso describir la utopía de un trabajo fijo en una empresa con responsabilidad social donde se cobrara dignamente sueldo, pagas y horas extras, donde las bajas por maternidad no fueran un problema. Pero apartó la mentira en su informe oral por mor de la exactitud y de la confianza con el padre preocupado.

—En Madrid. Ahora curra en un búrguer de esos. Turno *partío* y *na* de dinero. Echa más horas que un *reló*. Pero se está apañando. El pijo la dejó en cuanto se le pasó el encoñamiento. ¿El pijo? Me parece que está de viaje por la India en plan místico. No no. Que no está *preñá*, ¿vale? ¿Si va a volver? Me parece a mí que de momento no, tal como está la cosa del trabajo en Cadi. Tú *sabe* cómo-*e*. Bueno, pásate por aquí cuando tú puedas y me sueltas la guita, que está la cosa *fatá*. ¿Si quiero ortiguillas? Sí, de lujo, pero mejor un poco de *jierro*, ¿no? Papel moneda, Antonio. —Escuchó al cliente—. ¿Que si me *enterao* de lo del concejal al que han *matao*? Acabo de bajarme del autobús, pero sí, algo he visto. No veas, otro escándalo.

Llamaron a la puerta de chapa, que se entreabrió con los golpes. Bechiarelli se despidió, colgó y depositó la chicharra en el cenicero. Recorrió la distancia que había entre su mesa de formica y la puerta sabiendo que siempre olvidaba cerrarla, como si dejarla solo encajada fuera ya una tradición.

Abrió.

—Carajo.

Pocas veces el impacto había sido tan directo y profundo. La imagen le ganó por completo y fue una suerte de dolor en el pecho o de gases acumulados en cualquiera sabe la parte. La mujer tenía la piel aceituna, heredera de la negritud andaluza, ese gen perdido sin memoria, el pelo rizado, negro zaíno, unos labios carnosos y unos pendientes que se agitaban cada vez que asentía o negaba. El detective se dio cuenta de que estaba escaneando aquel traje ceñido de aire hindú que amortajaba una carne que imaginaba prieta, viva, definitiva.

—Buenos días, ¿es usted Rafael Bechiarelli?

Bechiarelli agradeció que su estar en el mundo la hubiera llevado hasta su puerta, hasta aquel local excavado en una finca del siglo XVIII que, durante muchos años, había servido para guardar el mobiliario de la terraza de un bar.

—No —respondió sin pensar.

—¿No? —Había incredulidad en la mujer—. Me han dicho que esta es su —tardó unos segundos en buscar la palabra que definiera el local— oficina.

Bechiarelli salió del trance al valorar la voz llena de dudas de su visitante. Descubrió que había negado ser quien era. Sonrió avergonzado. Quiso esconder la mirada en el suelo, pero se encontró con unos tobillos, huyó hasta la otra acera, pero se tropezó con unas caderas. Acabó en unas manos que podía imaginar moviéndose en el aire que él iba a respirar. ¿Qué coño le estaba pasando?

—Soy Esther Amberes.

—Rafael Bechiarelli. —Quiso añadir: «Para servirle a usted y a su sombra que se dibuja sinuosa en la arena de la playa...», pero no quería sonar baboso—. Perdone por...

Sustituyó las palabras por un gesto que compuso cerrando los ojos, frunciendo los labios y agitando la cabeza. Se apartó del portón para dejarle paso.

La mujer se apoderó de la oficina y se dirigió a la silla en la que se sentaban los clientes. No le importó el olor a humedad, ni el de los botes de pintura. Ni siquiera el lejano rescoldo a *macafly* que aún habitaba en el viciado aire. El detective intentó relajar un gesto que podría traducirse por un «qué bastinazo». La mujer esperó paseando la mirada por las sillas de oficina viejas y de distintos padres, el fichero oxidado con pegatinas de un equipo de fútbol base. Una estantería mellada de libros de lance. Un metro cúbico de periódicos viejos. Un calendario de Mudanzas Poli y un biombo de madera contrachapada que escondía un escusado y un dormitorio. Bechiarelli también se sentó y fue desmontando su sorpresa hasta la normalidad de los tratos entre cliente y detective.

—¿No se fía de mí?

El detective levantó la mano como si quisiera explicar su «no», fruto de una locura o un plomillazo transitorio, en versión del acervo gaditano.

—Me ha *cogío desprevenío*, la *verdá*. No esperaba a la nueva alcaldesa de Cádiz.

—Bueno, aclarado —aseguró Esther como si hubiera derruido con el cincel de la cercanía todos y cada uno de los pedestales de los próceres y los cargos públicos—. ¿Está de reformas? —dijo señalando los botes de pintura.

—Yo lo llamo lavado de cara.

Esther asintió compartiendo la metáfora, como si esa actividad los acercara en sus actividades diarias.

—Me han dicho que es usted detective diplomado. —Señaló con la mirada el título colgado de una alcayata gitana.

—Diplomado, sí —confirmó Bechiarelli escondiendo la pregunta de «¿Quién carajo te ha dicho eso?».

—Queremos contratarlo para que investigue el asesinato de Gabriel Araceli.

«¿Araceli, *sequiené?*, ¿el concejal? No puede-*sé* otro. Carajo, qué marrón», se dijo Bechiarelli.

—¿Asesinato? ¿No fue un robo?

—Tal como están las cosas, podemos creernos la versión de que dos quinquis lo mataron de madrugada en un solar, ¿entiendes?

—¿Por qué? ¿No pudieron atracarlo?

—Porque es mentira. Porque lo han matado agentes del CNI.

Tres novelas de John le Carré, *Asesinato en el Comité Central, Los tres días del Cóndor*. Bechiarelli se quedó encallado en su memoria lectora, aquella que había forjado en una oficinita en sus noches como vigilante. *El espía que surgió del Procosur.* «Lo que me faltaba a mí: un caso político», se dijo queriendo explicar el chiste sobre el frío que pasó en la nave de la desaparecida empresa de congelados gaditana. Levantó las manos como si quisiera detener el curso de la historia y el diálogo.

—Mire, señorita Amberes.

—Esther.

Asintió ante la invitación al tuteo.

—Esther, no estoy habilitado para trabajar con cosas de sangre o muerte…

—Haz un poder.

—Lo mío son desapariciones, infidelidades, bajas falsas, vigilancias de macarras ennoviados con señoritas bien de colegio concertado. Es lo que hay. Iría contra la ley y me metería en un marrón.

—No eres consciente de lo que significa el asesinato de Gabriel.

Bechiarelli se había pasado el invierno resolviendo pérdidas de agapornis, encontrando coches desaparecidos o aparcados en noches de morazo, motos robadas, investigando hurtos en asociaciones de vecinos, dando informes sobre macarras de La Viña para padres con hija enamorada, parientas que se lían con el vecino, matrimonios que se separan para que el niño les entre en el cole privado que quieren, buscando hijos secretos y vigilando a caraduras de baja laboral jugando al futbito en el Colegio del Campo. Y aquel salto a Madrid detrás de la niña de Antonio, el de las ortiguillas. Sabía que la historia municipal del Ayuntamiento llamado «del cambio» había transcurrido con la vivacidad de las etapas políticas que se consumen como un canuto entre adolescentes, oliendo a uña *quemá*, mientras él estaba enfrascado en sus trapicheos y negocios, sobreviviendo.

—Algo he *escuchao* de las últimas movidas y escándalos. Pero he estado fuera, trabajando —se justificó.

—Es una caza de brujas —impugnó la alcaldesa—. Una guerra sucia para echarnos del Ayuntamiento.

Esther sacó su móvil y buscó con los pulgares. Le mostró a Bechiarelli la fotografía de una mujer desnuda en una playa con las manos alzadas. Al principio, no creyó estar viendo el cuerpo de Esther en su más rotunda expresión, macerado por la luz y la sal. Pero era ella. Tragó saliva como el que traga un pastillón de incomodidad.

—Esto está rulando desde hace semanas por los móviles de media Andalucía. ¿Es o no es una guerra?

El detective asintió, grave, preguntándose por qué no había llegado a su teléfono.

—¿Puede una alcaldesa en pelotas gobernar una capital de provincia?

Bechiarelli se retrepó en la silla como si quisiera recompo-

21

nerse ante tanta cantidad de información y sintagmas como «alcaldesa en pelotas».

—Siento lo de la foto y lo del concejal. Pero no puedo investigar conspiraciones políticas que acaban con un muerto —argumentó el detective queriendo ser taxativo y amable a la vez.

—No podemos fiarnos de la policía, Rafael. Nos espía y difama.

—Me pueden quitar el diploma —insistió—. Y sin el papel no puedo trabajar.

—Gente que te conoce desde hace veinte años me ha dicho que militaste, que participabas activamente en las asambleas, en las manifestaciones, que siempre estabas ahí para echar el cable, para currar en las barras en las fiestas, para limpiar y recoger.

—¿Yo? —Se señaló incrédulo—. Ni *mijita*. Mira, Esther, no te equivoques. Era trabajo —desveló—. Tenía que cuidar de que un punki, con padre rico, no acabara muerto. La casualidad es que él paraba por casas okupadas, asambleas, reuniones, actos políticos, y por eso estaba yo allí. Por eso «participaba», de incógnito. Nunca tuve carné de nada. Ni siquiera del Cadi.

—¿Era todo un paripé?

—Trabajo —simplificó.

—¿Te avergüenzas de tu ideología? —le riñó Esther.

Bechiarelli dio un respingo que trató de disimular bajo un cambio de postura en la silla. Nunca creyó que aquella palabreja resonara en la oficina.

—Si te dijera que sí, podrías echarme la charla del militante y del cuadro político. Si te dijera que no, estoy seguro de que tus dudas sobre mí se verían disueltas, aceptaría la cosa con orgullo y hasta podrías captarme para tu servicio de seguridad como el agradable colofón a una investigación que, te repito, no puedo llevar a cabo.

Esther se inclinó hacia un Rafael que tenía la sensación de haber testificado en un juicio sobre actividades antigaditanas.

Bajó unos decibelios el ímpetu de su discurso hasta convertirlo en una suerte de confesión entrañable.

—Estoy segura de que debajo de esa coraza de profesionalidad hay un corazoncito que late por los más necesitados, por las víctimas de este sistema atroz, por las madres que luchan para sacar a sus familias adelante. Por los que pagan la crisis, la estafa, por los que sufren los recortes en sanidad y educación. Por quienes los representamos, defendemos y queremos cambiar esta ciudad, para bien. Por tus clientes, la gente de a pie.

Bechiarelli se estremeció ante la seducción por la palabra. Seguía sin entender qué era aquel influjo esotérico que emanaba de la alcaldesa.

—Me parece a mí que, sin ánimo de ofender, idealizas las movidas con las que trabajo. A los que defraudan a sus colegas, socios o familiares, a los que se tangan y son chungos, no los defiendo. Hay muchos marrones, mentiras, mal rollo, miseria y *maldá*. Te lo juro. Por esta.

Besó la intersección del pulgar y el índice de la mano derecha.

—Donaste mucho dinero a Mujeres Contra el Hambre.

Bechiarelli sonrió ante la dosificación de datos que Esther extraía de un informe interno redactado por un asesor del Ayuntamiento del cambio que se había pateado medio Cádiz preguntando por un detective. Ese dinero ganado en el caso Scarfe, que iba a invertir supuestamente en una oficina nueva, lo había donado al comedor social de aquellas mujeres que combatían el hambre en el Cerro del Moro.

—Además, me fío de la palabra de Ernesto Flores.

La señora alcaldesa había lanzado la Ofensiva del Tet para convencerlo. El bombardeo incluía el misil de que venía recomendada por un escritor y antiguo cliente.

—¿Qué trolas te ha contado ese? —dijo a la defensiva.

—Te necesitamos para saber la verdad. Para que este crimen descubra la guerra sucia que sufrimos. Y no detenga los

23

DAVID MONTHIEL

importantes cambios que estamos llevando a cabo y necesita
esta ciudad.

«Esta ciudad», que rimaba con «verdad» en el pasodoble
reivindicativo que Esther defendía al borde del escenario que
era la silla de la clientela.

—Esta ciudad —dijo Bechiarelli.

Una fórmula tan manida que se rellenaba, como los pi-
mientos y los huevos, de índices de paro alarmantes, estadísticas de pérdida de población, de problemas como la vivienda, el
trabajo, la salud, la limpieza, la gentrificación, los alojamientos
turísticos, el regreso de la droga. Y de conspiraciones para matar a un concejal.

—Gabriel ha sido asesinado por lo que pensaba y hacía. Lo
siento aquí dentro. —Puso la palma de su mano sobre la oro-
grafía estampada de su pecho y concentró su mirada en el rostro incrédulo del detective.

—¿Tienes pruebas?

—El bloqueo político de muchos proyectos de administraciones enemigas y el de los funcionarios puestos a dedo y
enchufaos que lo único que quieren es que regresen los del
cortijo. El acoso periodístico, policial y judicial que sufrimos,
la persecución continua, las amenazas de muerte que recibo.
La foto. Las querellas. Las filtraciones. No han parado hasta
ver a uno de nosotros muerto. Araceli estaba señalado. Como
lo estoy yo.

—¿Será el Ayuntamiento el que pague?

—No. Será Poder Popular el que te contrate.

—¿El Poder Popular no quiere ver mis tarifas antes?

—Tendrás un sueldo digno. Te daremos de alta como trabajador del partido. Con seguridad social.

Bechiarelli valoró la oferta de figurar en las bases de datos
de Hacienda.

—Creo que eres la persona indicada. Lo sé.

Hizo una cruz mental en los tópicos que le faltaban a la alcaldesa por enumerar: además de diplomado e indicado, controlaba el terreno, poseía buenos contactos en las altas y bajas esferas, la capacidad de estar al liqui para detectar un tangazo o una oportunidad y un índice de poca vergüenza equilibrado con una honestidad a prueba de sobornos éticos. Era fumeta, lento, flojo y *resabiao*. «Y, sobre todo, un tieso sin un duro», completó.

—*Pa entro* —aceptó.

Y era carajote.

—Tu abuela Angelita la Papona estaría orgullosa de ti.

El detective suspiró por el uso de aquella figura mítica.

Llamaron al portón con ritmo de contraseña de película de intriga. Un joven de pelo rizado y largo, gafas de joven guardia rojo que había echado los dientes en las sedes, zarcillo tipo pulsera y camiseta con un lema ingenioso entró en la oficina al comprobar que la puerta estaba entreabierta. Saludó como si no quisiera interrumpir lo que ya había interrumpido.

—Este es Roberto Bocalandro —presentó Esther.

—Hola, compa.

Bechiarelli escuchó la palabra «compa» y quiso destruirla con dos rayos oculares mientras aún vibraba en el aire. Roberto se quedó de pie, tras Esther, a modo de cicerone con mala pinta.

—Bocalandro está a tu disposición para lo que necesites. Cuanto menos nos veamos tú y yo, mejor. La prensa me acosa. Y puede seguirte a ti y chafarte el trabajo.

—También me seguirá el CNI, ¿no?

—Seguro. Todas las precauciones son pocas.

Valoró la pinta de Bocalandro.

—Mira, Esther, trabajo solo. Ya tengo pinche de confianza.

La imagen de Juanelo se le apareció en la cabeza. Su Watson particular movía el dedo índice apresado entre el pulgar y el anular a modo de negación.

—Él te contará todos los detalles. Me voy. —Esther se incorporó como si las alegaciones de Bechiarelli no le atañeran—. Tengo que ocuparme de otra muerte. Anoche se

25

murió un hombre sin hogar en los bajos del Balneario de la Palma. Otro —dijo con pena de madre, como si los habitantes de la ciudad necesitaran de su cuidado—. No sabemos ni cómo se llama.

—Carajo —se lamentó Bechiarelli.

Dedicaron unos segundos a la memoria de aquel sin nombre, de aquel paria que había tenido una muerte terrible y absurda.

—Además, tengo pendiente un viaje a Madrid —suspiró la alcaldesa—. Voy a reunirme con el ministro del Interior.

—Desde aquí, Madrid siempre ha estado más lejos que La Habana —dijo, y se arrepintió del comentario costumbrista.

¿Sabrían los servicios secretos cubanos algo sobre la conspiración para matar a un dirigente político gaditano? Antes de responderse, se lanzó:

—Necesito un adelanto que me ponga en marcha.

Esther interrogó con un gesto a Bocalandro, que se quedó pensando. «En la parra —calificó Bechiarelli—, como si no hubiera leído que el gesto de su jefa le impelía a sacar el sobre que le había dado hace un rato.» Cuando se dio cuenta, Bocalandro empezó a buscarlo con la torpeza y la bulla del que llega tarde al sentido de la conversación. Le alargó el sobre a Bechiarelli, que lo entreabrió y pudo ver varios billetes de cincuenta euros.

—¿Te hago un recibí? —dijo con un aire capcioso.

—Ya hablaremos de lo legal.

Guiado por una pereza ante las obligaciones, pensó en el primer *mandaíto* que podía cumplir el militante carabina con parte del adelanto: traerse un litro y recoger la grifa que le iba a pillar a Juanelo en su alejada casa, en los confines de Loreto. Y el segundo, pintar la oficina.

—La investigación no es oficial. Es de tapadillo —aclaró Esther adaptando la situación al lenguaje vivo de la gaditanía.

Bechiarelli respiró por la nariz con fuerza y tomó aire para su declaración.

—Te lo advierto: tendrás todos los gastos justificados con factura. No quiero que desde tus filas mi currelo se vea como un gasto superfluo. O un capricho. O pagado con fondos reservados. Que me conozco el percal. Y hay mucha tontería. ¿Equilicuá? No prometo nada. Tampoco reconvertirme en un detective militante, ni doraros la píldora, ni ceñirme a vuestro ideario del cambio. Yo voy a mi rollo. Os diré lo que averigüe. Si es feo, *po* feo. Y si veo que intentáis hacerme la cama, me levanto y me quito de en medio. ¿Correcto?

—Tenemos que desenmascarar las sucias maniobras que pretenden echarnos del Ayuntamiento.

Bechiarelli quiso decirle: «¿Ves?, así no se puede trabajar, alcaldesa». Porque lo más normal era que la cosa estuviera en su círculo íntimo: cuernos, celos, deudas, depresiones, peleas… Nada de conspiraciones. Esther selló el contrato con un apretón de manos y una mirada llena de humanidad, convicción y esperanza. Como si cerrara una herida histórica o una lista consensuada para ganar la alcaldía. Bechiarelli no atendió a la mano fría de Roberto, que sacudió sin saber qué hacía.

—Boca, mira a ver si hay prensa fuera o algo raro.

Cuando la alcaldesa salió, Bechiarelli deambuló por la oficina.

—No *vea* el marrón en que me he *metío*.

Se la estaba jugando. Supo que iba a pagar las consecuencias por meterse en un caso así, en un mundo grande y terrible en el que se mataba a concejales a las seis de la mañana por unos billetes, en una capital de provincia decadente y cotilla que muchos querían cambiar de boquilla o de corazón, una ciudad llena de cruceristas, de animadores pastoreando guiris, de parados, de papeleo, ventanillas y registros de entrada, de políticos con coche oficial y sus conductores en corrillo, del azul oscuro de los ordenanzas y de funcionarios desayunando.

3

Así se templó una *buddy movie*

—Cuando tú digas, compa.

La voz de Roberto Bocalandro quebró la ensoñación de Bechiarelli como el eructo de un angango en plena digestión de gurmés. Aquella llamada a la acción fue una acusación de flojera, una redundancia que no iba a postergar el deber. Bechiarelli lo fulminó con la mirada. El asistente de la alcaldesa se había sentado en la silla de los clientes.

—No soy tu compa, niñato.

—¿Cómo? —dijo sorprendido Bocalandro.

Tuvo ganas de fumarse un *macafly* del 15, cargadito, ante la *buddy movie* que se avecinaba. Una película en la que, tirando de malage y cargote gaditano, evitaría forjar una amistad falsa entre dos varones como parte de la trama.

—*Guannajando* —escupió Bechiarelli—. Venga.

—¿Qué?

El detective separó las sílabas de la frase:

—Ya-te-es-tás-tú-*guan-na-jan-do*, parguela. Yo trabajo solano.

—¿No quieres saber qué dice la autopsia? ¿El lugar donde lo encontraron? ¿Las amenazas previas que recibió Araceli? —Bocalandro alzó las cejas rellenando la mirada de inteligencia forzada.

Bechiarelli frunció los labios como si fuera a tocar la corneta de la marcha del «Ahí me ha *dao*».

—Larga —dijo desplomándose en su silla, pinzando la chicharra y encendiéndola.

—Gabriel dimitió de su cargo como concejal de Vivienda la mañana del jueves. Por el escándalo Pecci, un asesor estrella al que había nombrado hacía poco. Alguien filtró a la prensa que en tiempos del anterior gobierno había amañado un concurso público para favorecer la adjudicación de un contrato del Ayuntamiento al empresario Martínez de Munguía. Su agenda ese día: estuvo atendiendo a la prensa, se reunió con los suyos en su sede y luego con el propio Pecci. La información que tenemos es que a partir de las doce de la noche estuvo de bar en bar. Lo mataron entre las cinco y las siete de la mañana. En un solar. Todo indica que fue allí. No había señales de que lo hubieran arrastrado. Una vecina que saca el perro a mear lo encontró. Le dieron un golpe en la cabeza con un objeto pesado. La policía especula con que puede ser una herramienta. Un pico.

—¿Una espiocha? ¿Qué atracador usa una espiocha para robarle a alguien?

—También se especula con un martillo.

—Y la hoz, ¿la encontraron?

Bocalandro no se rio del chiste.

—¿Alguna marca, golpe, heridas de defensa?

—No. Los supuestos ladrones lo sorprendieron meando. Tenía la bragueta abierta. Entre sus objetos personales falta la cartera y el móvil.

—Imagino que iba ciego, ¿no?

Bocalandro lo miró como si hubiera dicho «chicharrones» tras citar a Karl Marx mientras dispersaba la calada de la chicharra del detective.

—Eso es lo raro. El índice del alcohol en sangre superaba mucho la tasa para conducir. También había consumido cocaína.

—¿Raro? —preguntó irónico Bechiarelli.

29

—Gabriel solo vivía para la política. Bebía lo normal. No fumaba. Odiaba salir por la noche.

«Qué aburrimiento», valoró un dionisiaco Bechiarelli.

—¿No hay más testigos?

—No. Que sepamos.

—¿Tenía familia? ¿Novia? ¿Hijos?

—No. Sin hijos. Su novia es Mira, una compañera. Araceli estaba liberado desde que formó y lidera IZQ, uno de los partidos de la coalición que forman Poder Popular.

Bechiarelli escuchó la familiaridad de Bocalandro con las siglas del partido del señor Araceli como el que escucha el nombre de una secta peligrosa o un producto químico para las plagas. «Liberado» le indicó el sendero de aquellos cuadros antiguos que tanto en Cádiz decían mandar en los viejos partidos políticos.

—¿Sospechosos?

El militante cayó en la trampa de Bechiarelli.

—La oposición y su guerra sucia —recitó como si le preguntaran la lección.

—Pruebas —le retó levantando la barbilla.

—Es un asesinato político. Todo el mundo lo sabe, el acoso… —La sequía de argumentos redujo a Bocalandro al silencio—. Ese es tu curro, compa. Destapar la mierda.

«¿Mi curro?, ¿compa?», quiso apostillar con todo el poder de la guasa que tenía concentrada.

—No habrá una trama inmobiliaria por medio, ¿no? ¿O alguien que se ha quedado fuera de la cadena de favores y se le ha ido el coco?

—Recibió amenazas en una carta anónima e hicieron pintadas en su casa. Tuvo un enfrentamiento con dos hombres en el último pleno. La tensión en la concejalía, bloqueada por algunos funcionarios, era asfixiante. Estaba en el ojo del huracán.

—Ahora *guannaja*. —Bechiarelli se levantó y señaló la puerta de chapa.

—Me han dicho que eres muy bueno en tu trabajo.

—Tira.

—Pero que flojeas y das muchos rodeos para alargar los casos y cobrar más.

—¿Tú no te enteras? Fuera.

—Yo creo que es porque fumas marihuana. —Bocalandro señaló el cenicero repleto de chicharras—. Eso te cambia el tempo y los que no fuman no te entienden.

Había pronunciado la palabra «marihuana» como un moralista o un *straight edge*.

—Y que no sales de Cadi-Cadi.

—Que te vayas al mismísimo carajo.

Bocalandro salió de la oficina como si lo hubieran expulsado de una clase de Sociología sobre los detectives que asumen las grandezas y miserias de la Baja Andalucía. Bechiarelli buscó en la montaña de diarios alguna noticia en la que apareciera la fotografía de Gabriel Araceli. Diez periódicos atrasados y un *macafly* le bastaron.

«Escándalo en Poder Popular. Gabriel Araceli
en el punto de mira de la corrupción.»
«El caso Pecci salpica al concejal Araceli.»
«Pablo Pecci declara su inocencia y acusa a Araceli
de expulsarlo de la coalición.»
«La oposición exige la dimisión del concejal de Vivienda. Julio Gómez
y Mario Cartago no quieren corruptos en el Ayuntamiento.»
«Gabriel Araceli dimite.»

Bechiarelli reconoció la cara. Era un cuarentón anodino. Y esas declaraciones balsámicas en las que ensalzaba su lucha personal contra la corrupción y la marcha imparable de la revolución ciudadana.

Según el diario más reciente, la policía aseguraba que el robo era el principal móvil. Pero habían interrogado a Claudio Elizondo, un militante de Poder Popular que afirmaba que «era una víctima de las derivas autoritarias del purgador Araceli», y con el que había cruzado declaraciones y amenazas en las redes sociales y en los plenos desde que Elizondo declaró estar dispuesto a tirar de la manta.

—Ostia puta, carajo.

De pronto Bechiarelli se vio veinte años atrás en aquel piso de estudiantes sin reformar, con la madera descascarillada de los cierros, una ganga de la que nunca se terminaba de saber quién pagaba el alquiler. Una vieja finca con cientos de habitaciones en las que colgaban afiches de *El odio* o *Tierra y libertad*, en las que siempre había gente alegre, colchones en el suelo, una atmósfera de porritos en bucle, colecciones de butanos vacíos junto al zócalo, perros sueltos, italianos de paso, malabaristas, greñas y perillas, pantalones holgados, pies sucios, lectoras de Galeano y de Paolo Virno, conversaciones en las que podía pescar cada diez palabras «multitud», «resistencia global» y Carlo Giuliani, pasta para todos, cenador vegano, platos y cubiertos disparejos, yembés llenos de arena de la Caleta, aquel beso de una chica chilena, una tarrina de cedés grabados, tonynegristas del último día del Imperio, acólitos del Black Block, gente que decía que había leído *Q*, cientos de poemarios inéditos y aquella guitarra ratonera con pegatinas. Y él allí, veinte años menos, el pelo larguito, un pendiente en una oreja, barba de varios días, fular alrededor del cuello, jersey de punto roto por los codos, unos pantalones pitillo negros y botas militares. Y el Nandi, al que había seguido hasta allí, diciéndole:

—*Harte* un porro, compa.

4

El materialista mesiánico

*B*echiarelli salió de la oficina con la cabeza llena de recuerdos de su militancia como un tubo de cerveza en la que la espuma era la visita de Esther Amberes. Apenas empezaba a asimilar que la alcaldesa en persona, con todo su carisma y poderío, había acudido para suplicarle que investigara un asesinato. Tenía un curro alegal. Una responsabilidad civil. O toda una gradación que iba desde el marrón uniforme de madero de los años ochenta hasta el negro prieto de una gran *majá*, también llamada caca de la vaca. Bufó como el que aspira a ondear todas y cada una de las banderitas de los partidos y sindicatos en el Primero de Mayo.

—Vaya marronazo.

Primero debía comprobar si el robo era algo de lo que tirar. Antes de asaltar los cielos de las conspiraciones romanas, el terrorismo de Estado o la venganza de los enchufados. Antes de pasar revista a la lista de majaras y descerebrados que se habían dignado a hacer pintadas en su portal o a amenazar de muerte desde su ordenador a un concejal en dificultades.

Necesitaba al Calentito, aquel superviviente de la leva de la heroína, la metadona y el *rebujao*. Aquel viejo usuario del Comes de El Puerto de Santa María, autobús que llevaba hasta la pasta base en la derruida Barriada José Antonio. Consultor de los bajísimos fondos del centro histórico de Cádiz que podría hacerle un sondeo a pie de urna funeraria sobre si aún existía gente que pinchara por pasta a las seis de la mañana.

Se le quebró la sonrisa al encontrar en la esquina a Bocalandro, bien vigilado por un vecino que pasaba las horas en la misma confluencia de calles.

—Me-*cagon*-tu-puta-madre —escupió el detective atrapado por las ganas de corretear a la carabina militante que la alcaldesa le había colocado.

Fulminó la mueca que Bocalandro había dibujado y que aspiraba a ser sonrisa. Un chivato. Un guardaespaldas. La contrainteligencia. Los muertos de John le Carré.

—Haz algo útil, anda, *pisha* —le dijo desde la lejanía de su desprecio—. Convócame a la novia, familiares y a los íntimos del susodicho. Venga, arría.

Bechiarelli dio un timonazo y alcanzó la velocidad crucero de la bulla para dejar atrás a un sorprendido Bocalandro, que lo siguió con la vista calle Ceballos abajo.

Por la hora, imaginó que el Calentito debía de estar en el perímetro de Cádiz Contra el Frío, un local cedido por el Ayuntamiento del cambio a un voluntarioso señor que llevaba toda la vida recogiendo mantas y ropa para los sin techo que paraban por la ciudad.

En el local se apuraba la perola de cafelitos con el cazo y mermaba la duna en formación de bocatas y pastelería industrial. Había mesas con hules floridos, vajilla de Duralex blanca y un voluntariado servicial con guantes y peto. Bechiarelli husmeó desde la puerta. Olía a sudor, a zurrapa de café, y hacía un calor artificial por la humanidad que se junta.

Ni rastro del Calentito.

—Dónde carajo estará este tío *metío*.

Bechiarelli tanteó a los avejentados exyonquis de Cadi-

Cadi. Aquellos fantasmas de otro reino que ni siquiera eran explotados mientras entraban y salían del Puerto III. Fumaban el cigarrito de después de desayunar mientras comentaban la muerte del sin techo en los bajos del Balneario.

—Otro chavalito muerto.

—Caen como moscas.

«¿Será uno de estos el asesino?», se preguntó Bechiarelli.

—¿Habéis visto al Calentito?

—Ni idea, *pisha*.

—Hace tiempo que no para por aquí.

Dio una batida de reconocimiento por las calles cercanas. Salió al Campo del Sur y observó a los hombres que acompañaban la pesca mañanera en silencio. Contemplaban el mar esperando zarpar algún día en aquel viejo barco blanco que avistaban. Desde esa ciudad en mitad del mar, preñada de reliquias arqueológicas y marinería pobre.

Echó un vistazo desde la puerta a tres baches llenos de jubilados, prejubilados y posjubilados. De esos bares emergían las voces de una discusión semicurada de espantos y cachondeo entre viejos. Peinó a los buscavidas de esquina, a los de los numeritos y el tabaco de contrabando.

—Yo qué sé, José —le dijo un viejo usando el comodín de un nombre común.

—Pues llevo media hora dando vueltas como un *volaó*.

Entonces se detuvo y negó con la cabeza.

—San Cucufato.

Fue cuando vio venir, calle Sagasta arriba, a un tipo con chaqueta vaquera y tejanos lavados que parecía el Calentito, pero mostraba una hechura más saludable y un aspecto mullido en el rostro de bereber color aceituna. Bechiarelli se fue a por él. La sonrisa desdentada lo recibió.

—*Home*, Rafaé.

—Calentito, *pisha*, ¿*ónde-está-metío*?

—Vengo de ahí de la *sosiasión*.

—Qué bien te veo, *pisha* —comentó un escéptico Bechiarelli.

—Tengo la *utostima der* carajo de bien.

—Como *pa* creérselo.

El Calentito se gustó y abrió las manos como si las fuera a alzar y a taconear el mirabrás de la salud con los tenis de muelle que llevaba. El cordón de oro con el Cristo se balanceó y Bechiarelli comprobó que tenía peor cara que el Calentito.

—Estoy de puta madre, Rafaé. Me han *dao* una paguita y *to*. Mira, yo no sé si la Esté es una *pupulista* o una comunista o como carajo se diga, pero si ayudar y querer que mis hijos coman todos los días es comunismo o *anarquisto*, vivan los *do*. Muero con ella.

El gesto de Bechiarelli fue recriminatorio y burlón.

—Ojú, ya te ha *lavao* el *celebro* la alcaldesa. ¿Tú *tiene* hijo ni *na*, Calentito?

—Alguno hay por ahí.

—¿Y tu madre?

—Que en paz descanse.

—Lo siento mucho, *pisha.*

—La vida. Tú vienes a lo que vienes, ¿no?

—Algo sabrás del golpetazo que *lan dao* a un concejal en un *descampao*, ¿no? ¿No has *escuchao na*?

El Calentito resopló. Bechiarelli planteó el intercambio:

—¿Qué quieres de menú? Por la pinta, ya me estás pidiendo tú carabineros. O comida vegana.

—¿Vegana?, *turmana*. Yo soy más de gamba blanca. Y de jamón.

—¿No quieres un guiso bueno? Está de moda el arroz con plancton.

—*Tes-qui-par*-carajo. El *planton* que se lo coman las caballitas, *pisha*. —El Calentito abrió los brazos y enseñó las palmas de las manos—. Yo ya no paro mucho por donde tú sabes. Estoy saliendo de la calle, del boquete. Lo dejé. Los de servicios sociales ya hasta me llaman. Y ya era hora. ¿Qué?

—Como *pa* creérselo, Calentito —repitió el detective.

—Mira, Rafaé, te invito a un cafelito.

Bechiarelli se envaró ante la invitación que rompía la estructura tradicional de sus encuentros a lo largo de los años de confidencias, informaciones y grandes *conviás* como pago a los nombres, motes y antecedentes que el Calentito mariscaba por los bajos fondos. Le asaltaron las certezas de que aquello sí que era un cambio tangible en la ciudad. Pero también las dudas. No estaba acostumbrado a elegir. No era hora de cerveza, pero se podía animar. Le echó el marrón al Calentito.

—Vamos al Riancho.

El Riancho era una cafetería sita en los Callejones, calle José Cubiles para los callejeros con memoria musical. Una pastelería de aparador repleto de dulces, de brillo en los hojaldres, de la sólida arquitectura de los merengues, veladores y patio interior de finca en el que se resguardaba la Viñería para charlar y tomar café. El Calentito saludó sobre la claque de las tazas, el tintineo de las cucharitas y las propulsiones del cohete calentador de leche. Se sentó en un velador del fondo de cara a la puerta, como si un remanente de costumbres se mantuviera vivo en la nueva época.

Pidieron dos cafés y el detective se decantó por una palmera de chocolate.

—Una pena lo de este *shavá*. Yo lo conocí, al Grabié. Al principio venía por estos barrios, escuchaba a la gente. A mí me dio mucho cuelo y se lo agradezco. Me buscó una casa porque cuando mi madre se murió me quedé en la calle. El contrato de renta antigua se fue al mismísimo carajo. Pero al tiempo no se le vio el pelo más. Y ahora es cuando hay que estar aquí porque la pasta base ha entrado de nuevo, y tela fuerte. Por cuatro pavos te pones ciego. Venden en cualquier *lao.* Y está la gente yéndose por culpa de los pisos turísticos. Te echan de un día *pa* otro. Una desgracia, Rafaé. Y encima *sa* muerto un *shavalito* en los bajos del Balneario. Otro.

Bechiarelli no pudo evitar imaginarse a Gabriel Araceli en pleno rito de la vieja y pícara cocaína. Lo vio encerrado en el cuarto de baño de un pub, volcando en la cartera un poco del pollito, enrollando un billete de cincuenta euros, aspirando aquella línea que era un caminito de consuelo.

—Como te digo, cuando ya era *concejá,* ya no lo vi más por aquí. Un día me lo encontré en un acto de…, no me acuerdo… Algo de unos pisos que iban a dar. No veas el discursito que nos echó aquel día. Eso parecía un cura en misa, pero de los cañeros, Rafaé. Que íbamos a tener cooperativa de pisos y que íbamos a pagar alquileres *apañaos* parándoles los pies a los pisos turísticos. Se le notaba que nunca había *estao* tan *desesperao* y tieso como yo. Le entré para ver si me ayudaba en una movida de un colega que lo han *echao* de su casa y me dijo que estaba muy *ocupao.* ¿No somos nosotros a los que tenéis que hacer caso? ¿Qué coño estáis haciendo? Están echando a la gente por la cara de sus casas, y ustedes ¿qué carajo hacéis? ¿Hablar por la tele y en los plenos de revolución y ya está? ¿Y la miseria? ¿Y el trabajo? ¿Y la gente muriéndose de pena? Sal del despachito, hijo. Yo te digo una cosa: los fachas, los hijos de puta cabrones esos que roban a manos llenas y nos meten en la cárcel por robar *pa* comer, sabemos de qué van, sí, pero ¿y ustedes? Si estáis con nosotros —le dijo el Calentito a un interlocutor invisible—, tenéis que hacer algo más que darle a la sinhueso, *pisha.*

Bechiarelli, sorprendido por la visión crítica del Calentito sobre las patologías del Ayuntamiento, disfrutó de aquella epifanía de la política local.

—También es verdad que es difícil cuando te dicen que hay cerrojazo del gobierno, ¿*sabe* lo que te digo? No tenemos la estación de autobuses, ni el *carrí bisi,* ni los *juzgaos* nuevos ni el hospital nuevo. ¿Y el diario? No veas las cosas que saca. La caña que le dieron al hombre que en un pleno de vergüenza le dijo una pamplina a uno de ellos. De vuelta y media lo pusieron, le han roto la vida, *pisha*. Y va a la cárcel. ¿Eso es *normá*? Un carajo. Ahí hay *maldá*. Son los mismos, los que han *comío* de la olla grande siempre y no quieren dejarnos un sitio a nosotros los parias.

—La versión de los maderos es que dos yonquis tenían mono y se encontraron con Araceli a las seis de la mañana. Le dieron un palo. Se llevaron el dinero y lo dejaron muerto en un solar.

El Calentito desenfocó la mirada y la dejó sobrevolar por los veladores del Riancho.

—Lo mataron para hacerle daño y echárselo a ella.

—Lo que tú digas, no me vendas la moto, que se te ve el plumero. Tela.

—Rafaé, es que es verdad, la Esté se parte la pelleja. Es un bastinazo. Ha hecho que la gente respire un poquito. Reconócemelo. ¿Tú no lo *ve*?

—¿Yo? No —dijo como si fuera inmune a los encantos de la primera edil—. Ahora trabajo para ella, y ya sabes cómo es la gente. Y a mí no me ha *enchufao* nadie.

—Tú aprovecha la *collá*, que luego te veo en las colas con el carrito *pa* recoger *comía* —animó el Calentito como si la brisa de la historia y del cambio soplaran a favor de Bechiarelli después de un verano de levante fuerte y caridad.

—Tú hazme el *favó* de preguntar por ahí.

—Tú siempre me *eshaste* el cable —dijo el Calentito como el que habla por la microfonía de un supermercado anunciando la oferta del día: «Haré un esfuerzo porque eres tú, si fuera otro, le iban a dar por culo»—. En los peores momentos.

—*Pisha*, Calentito, que son muchos años y me pongo tierno.

—Porque eres tú, y por el Grabié, que en el fondo estaba por nosotros. Y porque esto en verdad no son los angangos marroneros de siempre, Rafaé. Esto es algo *preparao* —dijo con un aire de conspiración.

—Que sí. La CIA.

—¿La CIA? La NASA, *pisha*, la NASA.

5

La Stasi

$\mathcal{B}$ocalandro lo interceptó cuando le daba al Calentito un abrazo fraterno de palmetadas al compás de la despedida.

—¿Quién era ese?

Bechiarelli intentó desintegrarlo con una mirada. Pero el comisario político de Poder Popular seguía allí, con cara de tonto. Y los ojos del detective habían perdido el don de la destrucción tras varios intentos.

—Uno de los vuestros ya —se lamentó Bechiarelli—. Un creyente. Os lo habéis *ganao*.

—¿A ese yonqui?

—Mascazo a la de tres. —Bechiarelli cerró el puño y ladeó la cabeza—. Retira eso, parguela.

—¿No es un yonqui? —dijo atribulado Bocalandro.

—Es un ciudadano —anunció con orgullo lumpen—. ¿No lo estás viendo, carajote?

—Vale, perdona-perdona. Es que tiene pinta.

—¿Y yo de qué tengo pinta? —preguntó Bechiarelli parándose y mostrando su chamarreta del chándal, los vaqueros y las J'hayber—. ¿De grifota? ¿De flojo? ¿De fumeta?

—He quedado con Mira —respondió Bocalandro eludiendo las respuestas sobre el vestuario y las usanzas del detective—. Y con la mano derecha de Gabriel, Marga.

—Iremos a su templo —anunció dejando atrás a Bocalandro.

«¿Templo?» Bocalandro quiso quejarse de aquella manera de hablar del detective, críptica y llena de códigos que desconocía, una jerga que apenas si terminaba de entender a pesar de que él consideraba que ambos habían nacido en la misma ciudad y compartían una educación sentimental parecida. Aceleró el paso hasta ponerse a la altura de un Bechiarelli determinado a finiquitar pronto la lista de implicados.

—Pero antes hay que hablar con la vecina que descubrió el pastel.

Bechiarelli no recordaba el solar del suceso. Parecía que se le hubiera pasado en su inventario de fincas derruidas o perdidas para la humanidad, convertidas en sintagmas como «hotelitos con encanto» o «apartamentos turísticos». Se adentró en él con cuidado, escaneando el suelo lleno de vegetación y basura. Balanceando la mirada como un detector de metales que rastrea anillos y moneditas en la playa.

En el lugar donde había caído el cuerpo había flores, banderas rojas, algunas velas. Tarjetas y papelitos con mensajes revolucionarios, poemas de Mario Benedetti, fragmentos de Eduardo Galeano y versos de Enrique Falcón. Como si hubiera que poner al muerto los alimentos ideológicos del arte comprometido para su tránsito hacia el secularizado cielo o paraíso de hombres y mujeres libres, pero muertos, y que, en el imaginario de sus rivales, era un infierno ardiente.

Dos guardianes velaban el atrezo del recuerdo. Eran dos militantes prototípicos, un chico y una chica que al ver llegar a Bechiarelli interrumpieron su vigilia sentada y se pusieron de pie. Ante el recogimiento del detective y el gesto de connivencia de Bocalandro desde la orilla del solar, los jóvenes se relajaron.

—Los nazis han estado por aquí intentando destrozar esto.

—¿Nazis?

—Se han *venío* arriba.

42

Bechiarelli buscó cámaras, pero se dijo que había visto muchas películas. Observó los cierros de la finca descascarillada que daban al solar. Vio la cabecita asomada en el cuadrado sucio del cristal del cierre. Aguantaba la cortina blanca con la mano hasta que se supo descubierta. La imagen le recordó a aquellos días de la infancia que iba a recoger a un amigo a la casa de vecinos en la que vivía y esperaba en el patio bajo la mirada de una cotilla desde la ventanita de la galería. Aquella Stasi que controlaba las entradas y salidas, que se asomaba al cierre del patio, que olisqueaba desde el balcón los manejos en las esquinas. Agencia que poseía una red de funcionarios, envidia del NKVD y del MI6, que compartían información en las colas de los puestos de la plaza, intercambiaban datos sobre muertes, nacimientos, cuernos, hijos secretos, peleas, divorcios, vicios. Que convertían cualquier encuentro en una cita informativa. Agentes dobles que trabajaban 24/7. Aquella Stasi que cuidaba, respetaba y a la que Bechiarelli debía tantos casos resueltos.

—Espérame aquí —ordenó a Bocalandro.

Cruzó un patio con brocal de aljibe, macetas mal regadas. Subió la fantasmagórica escalera de mármol. Llamó al timbre y miró el sagrado corazón con la leyenda «Reinaré en España». El portón se abrió hasta el límite de una cadenita. La mujer que se asomó era delgada, arrugada, de unos setenta años, con el gesto indignado de alguien que se había pasado la vida enfadada. «Una vieja rica venida a menos», pensó Bechiarelli, que se sintió catalogado por una mirada de asco.

—Buenos días, señora. Me gustaría hacerle unas preguntas sobre el muerto del solar.

—¿Es policía? —preguntó la vieja con desconfianza—. Ya se lo conté todo a la policía.

—Soy periodista —se presentó, y enseñó el primer carné que cogió de la cartera en un visto y no visto.

La vieja lo observó como si fuera una sanguijuela hasta que pronunció las palabras correctas.

—Del *Imparcial* de Cádiz, pero voy de incógnito. —Le guiñó el ojo—. ¿Fue usted la que llamó?

——A las ocho de la mañana saqué a Manolito. Lo paseo por el solar. Y lo vi de lejos. Y supe que era algo malo. Subí corriendo y llamé.

—¿No sintió usted los ruidos y gritos de una pelea?

—¿Gritos? Ninguno. —La señora pareció recordar algo de la bruma del sueño—. Solo una risa muy ruidosa, así de sopetón. Eso se lo juro por mis nietos y la virgen del Rosario. No vi a los dos *drogaditos* que mataron a ese pobre desgraciado. Pero bueno, uno que dejó de darnos por culo —dijo con dureza—. Merecido lo tenía.

—¿No vio alguna herramienta, un tubo? Algo que estuviera por el suelo.

—Ahí *na* más que hay mierdas. La puerca de la alcaldesa no limpia y hay ratas, que yo las he visto… ¡Como conejos! Está olvidado de la mano de Dios por culpa de esa marrana. Dígame usted qué hace esa tiparraca en pelota picada de alcaldesa, ¿no tiene marido? ¿No tiene vergüenza?

—Gracias, señora. —Intentó cortar la invectiva anti-Esther a la señora, que ya le achacaba todos los males de la ciudad.

—Menos mal que ya le queda poco a la bruja esa. Gracias a Dios y a la gente patriota.

Bechiarelli merodeó por las calles aledañas. Sondeó a vecinos y comerciantes de la red de la Stasi local. Pero la hora del suceso los dejaba fuera de toda información de primera mano. Bocalandro aprovechó para charlar con algunos sobre el futuro del solar y la leyenda de que iban a ser apartamentos turísticos. Mientras, Bechiarelli se acercó a una obra situada a dos calles paralelas del lugar del siniestro.

Los albañiles desayunaban sentados en el suelo, apoyados en la pared de piedra ostionera. Reflectaban los chalecos y opacaban las botas de seguridad el polvo y la pintura acumulada. Abundaban las azulinas neveras de playa como esplendor geométrico de la conservación, los costos humeantes de la comida casera, algún litro mediado de cerveza, los tenedores en manos manchadas de perlita y polvo, las conversaciones sobre los resultados de la Liga. Detectó un cigarrito de la risa, camuflado con una boquilla de cigarro, en la oreja de uno de los más veteranos. El detective los imaginó admirando en un móvil el cuerpo desnudo de Esther.

—Qué aproveche, señores.

Se sucedieron las gracias atropelladas por los bocados y afelpadas por los buches.

—*Sabéi enterao* de lo del nota muerto en el solar de aquí al *lao*. —Bechiarelli señaló en aquella dirección y forzó la fonética hasta la cerrazón de un acento que pretendía ser cercano.

—Ojú, *aro*.

—Dicen que robaron una espiocha de aquí para darle, ¿eso es verdad? —fabuló el detective.

—¿*Robá* una espiocha? —dijo un tercero—. ¿Cuándo se ha visto eso?

Las risotadas celebraron el tópico de la flojera, aquel que habla de alergias a las herramientas de una población que prefiere vivir sin trabajar, pero que trabaja como esclavos de Egipto y es mano de obra barata en los veranos del primer mundo.

—Aquí no ha faltado *na*, te lo digo yo. —El deje chiclanero del portavoz provocó la sonrisa del detective, que a veces añoraba las variantes fonéticas del gaditano en su habitual encierro en la vieja isla de Eritia—. A las *zei ze* recoge *to* y luego por la *noshe* está *er* vigilante.

—Las herramientas están en un cuarto con llave —añadió otro—. Ahí están *toas*.

Le interrumpió la charla el móvil. Era un número muy largo. Una extensión.

—Escucha, Bequiareli. Tienes una semana para salir de tu boquete.

Bechiarelli notó la voz rasposa de las amenazas por teléfono. Reaccionó como un resorte forjado en la respuesta rápida ante el cargote de la infancia, ante la guasa de haber nacido y crecido en calles en las que las coacciones veladas, los insultos, los ajustes de cuentas verbales eran el teatro de las Cortes de la supervivencia.

—¿Qué pasa? ¿Quieres que busque si tu puta madre está follándose a un cabrón?

Cayó en que la voz había dicho mal su apellido.

—No te pases ni un pelo, guarro. Sal del boquete ya, o matarile.

—Me-*cagon*-la-reputa-de-tu-puta-madre, grandísimo *desgraciao*.

—Cállate y escucha, guarro. Como no salgas ya, atente a las consecuencias. Porque te podemos quitar de en medio sin que nadie se entere.

Había una calma en la voz que desasosegó a Bechiarelli.

—Mira, gachón, que eres un gachón, si tienes cojones ven a verme al boquete y hablamos. ¿Te has *enterao*?

—Deja de hacerte el héroe, gilipollas. No te líes, sal del boquete y métete en otro, como la rata que eres. Ese va a estar tapiado pronto.

—Como me toques los cojones, te mato, ¿eh? Ni la grandísima puta de tu jefa te podrá salvar. Como sigas allí, te saco la lengua por la garganta. ¿Te has enterado? Tienes una novia, ¿no? Francisca se llama, ¿a qué sí? Una puta que se disfraza. Y un colega, Juan Chulián. Un gitano puerco siempre en chanchullos. ¿Quieres que los visitemos? No los metas en líos. Esto te viene muy pero que muy grande. Deja que tu putita y tu novio vivan. ¿Me estás escuchando?

La amenaza le golpeó el estómago con una suerte de ácido que lo achicó hasta ser un bolsillito de miedo. Bechiarelli colgó antes de que la intimidación inmobiliaria continuara. Sintió una náusea profunda. Un miedo que se expandía por los brazos y que hormigueaba.

Se paró en la esquina. Los currantes lo vieron tambalear-se. Dos de ellos se levantaron y fueron a auxiliarlo. Estaba blanco-blanco. Suspiró como si quisiera ondear todas las banderas de todos los países que le iban a negar el asilo político. Agachó la cabeza. Vio llegar a los albañiles ante su palidez de guiri pelirrojo. Se recompuso, no quería mostrar debilidad. Pero apenas pudo disimular.

—¿Qué te pasa, porrita?

—Me ha *dao* una bajada.

—Vente, siéntate ahí, que te damos un *buchito*-agua.

Lo agarraron por las axilas. Se dejó sentar en una nevera. Recibió la botella de agua y una mano en el hombro como si practicara el reiki de la solidaridad.

—Vaya jaleazo, carajo.

6

Diez días que estremecieron a Cádiz y Puertatierra

*B*echiarelli, veterano en blancazos y amarillos del fumeteo, había recuperado *la* color, como decían los antiguos. Se había despedido de los albañiles y caminaba con más mala cara que…

—¿Estás bien, compa? —Bocalandro hizo el ademán de tocarlo en el hombro.

—Acaban de amenazarme. Me van a desahuciar de mi oficina.

—Eso es muy grave, tenemos que informar a Esther. ¿Tiene que ver con Gabriel?

—¿Tú qué crees?

—Si peligra la investigación, deberías comunicárselo a Esther.

—¡Que sí, carajo! ¡Joé con la burocracia!

—¿Continuamos con el plan de ver a su novia? —consultó Bocalandro ante la lentitud convaleciente del detective.

—*Aro.*

Bocalandro tomó la iniciativa. Pero se descarrió del camino lógico hacia el templo, a la sede de Poder Popular. ¿Qué era eso de girar en la calle Torre camino de la plaza en vez de bajar hasta San Antonio? Un rodeo. Una blasfemia. Un escaso conocimiento del callejero. Bechiarelli intentó recomponerse aprovechando la posibilidad de carga en el torpe callejeo de Bo-

NUESTRA SEÑORA DE LA ESPERANZA

calandro. Quiso reconducirlo y concederle el catecismo básico de orientación en el casco viejo de Cádiz. Pero el reflejo de la náusea se lo impidió.

—¿No vamos a la sede de Poder Popular? —preguntó.

Bocalandro dijo que no con los ojos, con las manos y con su cuerpo frente a un local en el que se podía ver el letrero de IZQ.

—No creo que quieran colaborar —receló Bocalandro—. Está la cosa muy tensa en Poder Popular.

La sede de IZQ era amplia, con aire a limpio, salpicada con la elegancia de un *agitprop* efectivo de un ejército de gafapastas concienciados del diseño gráfico, el lenguaje renovado de los lemas y su funcionalidad pop de estribillos de la ciudadanía. «Me sobra mes a final de sueldo», «No hay pan para tanto chorizo», «Si no nos dejáis soñar, no os dejaremos dormir», «Cuando los de abajo se mueven, los de arriba se tambalean», leyó Bechiarelli.

—Lo llaman Cadifornia y no lo es —susurró.

Percibió un aire de lugar de reuniones y quintitos socialdemócratas muy alejado del fumeteo de locales menos puritanos con las drogas, las cañitas y los eventuales pollitos en el tigre. Muchos carteles incluían la franca sonrisa de los candidatos de IZQ dentro de Poder Popular junto a una serie con personajes populares y anónimos de la ciudad, *sansculots* sonriendo con las ojeras y piñatas retocadas, las marcas de la aletargada miseria de «la ciudad que sonríe». Bechiarelli observó el cartel de Gabriel Araceli al lado de un señor de bigote, feo de rostro curtido por las horas de trabajo.

Encontraron a dos mujeres: Mira, una chica de unos veinticinco años, y Marga, de unos cuarenta. El sociograma barato del detective le indicó que Gabriel Araceli fue el guía espiritual de ambas en distintos niveles. Y que existía una tensión política no resuelta entre ellas y Bocalandro tras el saludo estilo guerra fría. Bocalandro lo presentó como «el investigador privado». «Privado de gracia, hijo», pensó Bechiarelli en su conti-

49

nua ofensiva contra Bocalandro, un deporte que iba a practicar con la naturalidad de las cosas cotidianas.

Mira era una posadolescente de belleza en formación, delineado de ojos grueso y negro en unos ojos irritados por un llanto ahora fantasma. Iba uniformada con un *septum* y pantalones rotos. Bechiarelli olió un cierto asaltacunismo en las apetencias de Gabriel. O una necesidad de moldear. Bajo la resaca de la pérdida, la falta de horas de sueño y la conmoción ante la muerte, buscaba el vacío de la blancura de gotelé con tristeza de viuda de héroe de Stalingrado.

—Ella es la pareja de Gabi —aclaró sin necesidad Bocalandro.

Marga tenía el aspecto de una profesora de instituto vestida por una multinacional de la ropa deportiva. Siempre con pañuelos coloristas enroscados al cuello, pendientes étnicos, una palabra amable que incluía lenguaje no sexista y una sensibilidad cósmica por todo, botas de montaña para caminar o pedalear con cartelito reivindicativo sobre el ausente carril bici.

—Lamento mucho la muerte de su compañero.

El detective, desde una incomodidad que soñaba ser advertencia, les rogó que mantuvieran la entrevista y el propósito de su investigación en secreto. Y recibió las miradas desconfiadas de ambas.

—Me gustaría hablar a solas con ella, con Mira. —Bechiarelli se dirigió a Marga.

—Ni de coña —respondió ella desafiante como si Bechiarelli fuera a obtener un testimonio bajo tortura—. Yo de aquí no me muevo.

Bechiarelli encajó la negativa y le devolvió la mirada con una seriedad de frontón. «Ya estamos con los mamoneos», se dijo. Marga se cruzó de brazos y el detective respiró con fuerza por la nariz.

—¿Cuánto tiempo llevabais de novios?

—Muy poco —susurró como si se agarrara al verso sobre la duración del amor y el tan largo olvido.

—¿Gabriel Araceli tenía algún lío?

Le costó pronunciar el nombre. Pensó que debería encontrar una fórmula para no acabar diciendo «Grabié» cada vez que hiciera una pregunta.

—¿Lío? —El rostro de Mira fue todo sorpresa—. ¡No! ¿Por qué dice eso? ¿Es usted tonto?

«A la manteca», allanó un Bechiarelli incómodo y con la paciencia bajo mínimos.

—¿Quién mató a Gabriel Araceli?

La pregunta fue como un obús que dejó un cráter de silencio embarazoso.

—Ellos.

Mira señaló a Bocalandro, que negó con la cabeza acostumbrado a la acusación.

—¡Mira! —cortó Marga con mando.

—¿Qué pasa? —respondió Mira con violencia. Se incorporó—. Esto es un paripé. No van a hacer nada por aclarar este montaje. Y nos mandan a un quinqui que no tiene ni idea de nada para preguntarnos tonterías. En Poder Popular hay gente que se alegra de que esto haya pasado. ¡Y ahora quiere saber qué le pasó! ¡Fue ella! Todo porque la dejó por mí. Se arrepentirá de lo que le hizo.

Mira había acabado su parlamento con un volumen cercano a la desesperación y la ausencia de autocontrol frente a ese señor «que no tenía ni idea». Bechiarelli se paseó por la sede como si estuviera buscando la forma de continuar con su cuestionario sin responder a las provocaciones de un ajuste de cuentas interno, línea investigadora que le iba a complicar el caso sobremanera.

—¿A quién beneficia su muerte, Mira?

—A ella. Esther debía defenderlo ante las mentiras porque ella está ahí gracias a Gabi. Pero se calló. Y lo desobedeció. Y lo mató. Es ella la que está llevando a Poder Popular a la ruina. —Mira desafió a Bocalandro con la mirada como si aquel argumento le concerniera—. Eso está clarísimo.

51

—Y también al Consejo Ciudadano, a la Bonat y a Sabajanes, porque se han librado de su crítico más astuto e inteligente —continuó Marga—. Gabi se negó a que Poder Popular pactara con corruptos, con la gente que ha provocado esta crisis. Esos que temían que Gabriel les quitase los privilegios, los mismos que llevaban treinta años gobernando esta ciudad.

—¿Y el corrupto de Pecci?

—Mire, Bequiareli... —comenzó Marga como si el detective hubiera estado removiendo las vísceras más íntimas de Gabriel con un palo.

—Mi nombre es «Beshiareli» —advirtió seco el detective.

—Gabriel llevaba en política desde que tenía catorce años —comenzó Marga con tono épico—. No era un ingenuo. Sabía que tenía enemigos políticos. Muy grandes. Era alguien que sabía que Poder Popular había iniciado una deriva muy peligrosa. Y trató de impedirlo. Pero no pudo. No pudimos. El caso Pecci es todo un montaje que aprovecharon todos: los de dentro y los de fuera. Para mí Gabi fue un compañero, un maestro, un amigo que murió por lo que pensaba y hacía —confesó Marga con emoción.

—¿Su muerte ha aumentado el número de afiliados?

Marga se quedó en silencio como si no hubiera entendido la pregunta y su carga de profundidad en los más estrictos términos del liderazgo y la política.

—Cuando se murió Lenin no veas cómo se puso la cosa —aclaró Bechiarelli.

Marga pareció morderse la lengua y le lanzó una mirada de las que apretaban el cuello.

—Necesito pruebas de que lo que dicen es cierto.

—Sabemos que fue Claudio Elizondo el que filtró lo de Pecci. Por envidia y venganza. Porque es mala persona. Y desde que saltó la mierda fueron diez días muy malos. Gabi tuvo que soportar las acusaciones de corrupción que hizo Sabajanes en la prensa. Él, que se supone un aliado y está entorpeciendo la labor de la concejalía de Vivienda con sus rollos okupas. Esa semana Gabi recibió una carta anónima en la que amenazaban con matarlo, hicieron pintadas en su casa. Sospechamos que ordenadas por Esther. En el último pleno al que asistió, un grifota y un viejo con muy malas pintas lo insultaron y zarandearon. —Marga parecía hacer el retrato robot con los tópicos del clasismo que veía chusma desesperada en vez de víctimas—. Gente chunga. Se formó un barullo muy grande. Solo vi los gestos y a Gabi encarárseles. Pero no se achantó. Era un héroe.

—No es justo —cortó Mira como si hubiera descubierto de pronto el dolor y la muerte—. Gabriel no se merecía los insultos de Claudio, ni que lo odiaran en la concejalía —declaró como si esperara a que su novio fuera a ser abatido en las barricadas del heroísmo—. No se merecía que lo obligaran a dimitir por una jugarreta y que lo humillaran así. Él era un revolucionario, un militante, un internacionalista.

A Bechiarelli todas aquellas palabras le parecieron enormes salones vacíos.

—¿Por qué beneficia a Esther?

—¿Cómo que por qué? —respondió Mira como si no hubiera dudas en el catecismo aracelista—. Gabriel no quería ser rehén del trepa de Gómez, de ese papanatas que permitió la investidura con su voto y luego se ha dedicado a bloquearlo todo. Ella va a sentarse a negociar con Gómez el presupuesto ya. En cuanto se enfríe el cadáver.

Bechiarelli tiró de memoria íntima y recordó la electrizante noche electoral, el conteo de votos, el baile de carnaval de las cifras y porcentajes, la emoción contenida en la fría noche que dejaba una ingobernabilidad espolvoreada sobre la parcelación de los gráficos de las fuerzas municipales, cientos de capotes para torear la investidura de la alcaldesa, gracias al voto favorable de Julio Gómez, el candidato socialista.

—La gota que colmó el vaso fue su dimisión orquestada por el Consejo Ciudadano. Porque los muy cobardes tenían miedo de que salieran en la prensa más cosas de Pecci. Pero en realidad aprovecharon el escándalo para quitarse de en medio a Gabriel. —Se detuvo como si el recuerdo fuera una gran rueda que ella debía hacer girar en modo prometeico—. Vamos a abandonar la coalición.

—¿Quiénes están en el consejo ese?

Mira Martínez de Munguía lo observó incrédula, como si «el investigador» fuera un extraterrestre que acababa de llegar al mundo de Poder Popular.

—Esther, Lola Bonat, Sabajanes —enumeró como si diera la lista de fusilables en un juicio moral.

Bechiarelli estaba dispuesto a anotar todos los nombres en la larga lista electoral de sospechosos y conocidos.

—Gabriel no bebía, pero ¿podría haberse emborrachado por la derrota en el Consejo Ciudadano y el escándalo?

—Eso es lo raro —aseguró Marga—. No bebía.

—Ni fumaba —añadió Mira como guardiana de la pureza y moral aracilesca.

Bechiarelli quiso añadir el uso recreativo de la farlopa, pero lo dejó estar para romper aquella imagen de santo laico. Se masajeó el puente de la nariz como si sintonizara la señal de la ecuanimidad.

—¿Insinúan que lo drogaron?

—Esa sería la única explicación —alegó Mira—. Que le echaran algo en la cerveza. Para atontarlo.

Marga la observó como si la justificación de una actividad impropia de un militante ejemplar se hiciera desde la mezquindad de la vieja y absurda conspiración de los caramelos de los extraños. Quizá, para ella, el consuelo habitaba en la paciencia de aquel viejo topo, no en la cocaína ni en los cubatas.

—¿Por qué se reunió con Pablo Pecci?

—Para protegerse. Quería chantajearlo con la facilidad de mi padre para conseguir licitaciones y contratos.

—Fue solo.

—Marga estuvo insistiéndole en acompañarlo. —Mira retomó el llanto—. Me llamó a las doce de la noche. Lo noté muy mal. Desengañado de todo. No pudo reunirse con Pecci y la oposición para acordar una moción de censura. Me dijo que venía a casa. Pero no llegaba. Lo llamé muchas veces. Tantas que ni las conté. Pero no contestaba. Estuvo perdido.

«Perdido, encocado, borracho», se dijo Bechiarelli.

—Salimos a buscarlo. Pero no dimos con él.

Marga abrazó a Mira, que se limpiaba con un pañuelo de papel las lágrimas, como si acabara de salir de la Escuela Mecánica de la Armada o del Penal de El Puerto en el año 1942. Luego se incorporó y, con la mandíbula apretada, señaló a Bechiarelli.

—Hay líneas rojas que no se pueden cruzar. Nunca.

55

7

La Operación Coñeta y el Informe Quisquilla

*B*echiarelli olisqueaba la documentación de la mesa donde Araceli despachaba sus deberes políticos bajo la resaca nerviosa de su cuestionario y el tenso intercambio de opiniones entre Marga y Bocalandro sobre la posición de IZQ en relación con el informe «Sobre el asesinato de Araceli y sus culpables». Cuadernos, agendas de un sindicato minoritario, artículos sin terminar para una revista estatal de IZQ, pegatinas, botes usados de espray, manuales del Micho izquierdista para el militante que comienza. Actas de asambleas de Poder Popular.

Así que hemos decidido dejar fuera de nuestro proyecto electoral a aquellos elementos tóxicos que llevan meses sosteniendo una actitud de acoso y derribo a algunos de sus integrantes. Claudio Elizondo debe pedir disculpas públicas por su comportamiento agresivo y por sus críticas infundadas a Gabriel. Ratificamos rechazar un cogobierno con fuerzas políticas responsables de la situación actual de la población.

«Elementos tóxicos», buen eufemismo.

Gabriel recuerda que la gente ya no sale a la calle a apoyar los conflictos sociales y laborales que la ciudad padece. Muchas personas solo se dedican a salir en la tele y a hacerse famosas: «Yo entiendo que son ingresos. Pero no podemos tolerar que salgan más imágenes de la miseria, ni que Pepa Cortés se haga rica enseñando su casa». Insiste en que hay que analizar la situación y en que es necesaria una organización ciudadana «por abajo». Poder Popular debe apoyar a los colectivos en lucha y además motivarlos a pelear. Invita a los trabajadores a explicar su problemática en una de las asambleas populares. Y pone de ejemplo a Manolo Nogales, compañero que está organizando a trabajadores de subcontratas y que debe mantenerse en esa labor y no apartarlo de la calle con su candidatura al Consejo Ciudadano.

Tras la discusión entre supuestos compañeros que culminó con desplantes y acusaciones, Marga dejó con la palabra a Bocalandro e inició un régimen de vigilancia de Bechiarelli como si fuera una funcionaria de la memoria del mártir.

—¿Sería posible revisar su casa? —consultó Bechiarelli.

—Esta era su casa —zanjó Marga.

El detective husmeó la papelera y el ordenador del finado. La primera apenas si contenía algo interesante. Leyó la defensa de los que tildó de «aracelistas de la red» ante la carta amenazadora que un descerebrado le había escrito. Era un grupo uniforme de defensores del edil que comprendía desde amas de casa con faltas de ortografía junto a intelectuales orgánicos en vías de extinción o de promoción hasta conversos de la nueva política que habían atemperado su indignación y creían que protestaban escribiendo comentarios a las sesudas notas del comisario político Araceli. La palabrería revolucionaria y la literalidad de los lemas empalagaron la cabeza del detective, al que se le pintó una sonrisa irónica la tercera vez que leyó «condiciones objetivas».

Marga se le acercó y usó el tono de la confidencia:

—Aquella noche discutió con Mira.

57

Bechiarelli levantó la cabeza de los dosieres.

—Cosas de pareja —dijo como si la discusión fuera una ciudadela inexpugnable para ella—. Se gritaron mucho.

Bocalandro llegó con expresión de tanatorio e hizo un aparte a pesar de la suspicacia de Marga.

—Esther quiere verte. Ahora.

—Y yo quiero un *macafly* iluminador —confesó como si tuviera que enfrentarse a una burocracia kafkiana.

—¿Cómo? —La palabra *macafly* desorientó a Bocalandro.

—¿No se fue a Madrid?

—Eso es alto secreto. Pero todavía no.

—¿Le busco un hueco en mi agenda? Aquí me queda rato. —Señaló las actas de asamblea.

—No. Aquí no.

—Lo que tú digas…

Se mordió la lengua. Dejó en el aire el vacío de una palabra que podría haber sido «petardo», Juan, Mackinley, vocativos aleatorios para evitar el nombre del militante. Aunque ninguno le convenció para usarlo como coletilla en sus diálogos debido a su falta de calidad poética.

—¿En mi oficina?

—No puede arriesgarse. La primera vez cogió desprevenido a todo el mundo. Ahora es complicado. ¿Lo entiendes?

—¿Dónde carajo nos vemos entonces? ¿En la estación del tren con gabardinas y fedoras? ¿En la embajada de Filipinas?

—Un coche te recogerá dentro de media hora.

—¿Cómo llamáis al operativo? —ironizó—. ¿Operación Coñeta? ¿El Informe Quisquilla? ¿Me habéis puesto nombre en clave?

—No puedo decirte el lugar —respondió esquivando el sarcasmo.

Bocalandro se retiraba impulsado por lo que parecía una cobertura de seguridad del detective. Bechiarelli le lanzó un besito con la mano.

—¿Sincronizamos los relojes?

El coche, un turismo blanco que conducía un tipo con gafas de sol y pinta de funcionario discreto, lo dejó en un lateral del ayuntamiento tras diez minutos de mutismo y callejeo espantador de vigilancias y seguimientos.

—Tanto rollo y era aquí. Manda *coone*.

En cuanto se bajó, una puerta cortada en un gran portón de madera se abrió. Su vieja memoria de jugador de rol deseó tirar los dados y definir la acción ante una mujer con un aire a orco y el uniforme del personal del ayuntamiento.

—Por aquí —le indicó adelantándose.

Un funcionario de polo y castellanos lo detuvo con una sonrisa y la pinza de su mano sobre el brazo del detective.

—Me han dicho que tú eres el carajote que está investigando lo del parguela de Araceli, ¿no? —le susurró con asco—. Po ten cuidadito por dónde andas porque sabemos quién eres.

Bechiarelli le aguantó la mirada y se alejó como si quisiera calcular las horas de estudio que aquel funcionario había dedicado para ganar su plaza y el resultado fuera un dedazo de un cacique de los favores y obediencias. Apretó los dientes y el paso para alcanzar a la bedela, que lo esperaba en unas escaleras que bajaban al sótano.

Recorrieron varios pasillos adornados con polvorientos parapetos de documentos y le dio paso a un pequeño despacho de puerta acristalada en el que Esther, apoyada en una mesa repleta de carpetillas y expedientes a modo de muralla en construcción, leía un informe. «Controla tu mierda», se dijo el detective al ver a la alcaldesa en toda su plenitud y al respirar el dulce perfume de su templo subterráneo.

—Hazme un informe de lo que sepas hasta ahora —ordenó enseñándole el que tenía en la mano a modo de ejemplo.

«Madre mía, la bulla de la excelentísima», se dijo un atolondrado Bechiarelli.

—¿No prefieres que te lo cuente?

59

—La palabra escrita tiene fuerza cuando tus decisiones se ven cuestionadas. O distorsionadas.

Bechiarelli buscó una silla en la que reposar aquella tenaza que le apretaba el estómago tras las palabritas del burócrata. Se sentó y apoyó los codos en las rodillas.

—Acabo de empezar y ya me han amenazado dos veces. Una por teléfono y otra ahora mismo, un amable empleado público. Por no incluir las molestias de tener a un vigilante de todos mis movimientos. —Bechiarelli llenó de ironía la sonrisa.

—Me han dicho que mosqueaste a Antonio Pruna, mucho.

Bechiarelli se sintió desarmado por la información de ese informe secreto que la alcaldesa manejaba. Recordó el caso Scarfe, el del guiri desaparecido en verano. La voz volvió a sonar en la cabeza de Bechiarelli como hacía unos meses: «Me voy a encargar personalmente de comprar la finca donde tienes la mierda de cuartucho donde duermes. Y te voy a poner de patitas en la calle. De mí no se cachondea nadie. ¿Te has *enterao*?». Los muertos de don Antonio Pruna. Y de ser un tieso.

—Ahora está metido en política —informó Esther.

—Es peligroso.

—Es un facha.

—*Totá:* no tenemos testigos, no hay arma, no hay *na* de *na*. Se puede tirar de las consecuencias de una dimisión forzada por un caso de corrupción, de la venganza de un purgado, de una discusión en una reunión importante o de un linchamiento interno.

Esther levantó la cabeza del informe y Bechiarelli recibió la mirada de dos faros o dos hogueras.

—Por el bien de esta ciudad, Gabriel debía dimitir. Teníamos que apartarnos de la corrupción lo antes posible. No podemos soportar más presión —justificó con vehemencia Esther—. Lo lamenté mucho. Pero era una decisión muy importante que tomamos colectivamente. Pecci era tóxico. Gabriel pagó el pato. Sabemos que el que fue asesor estrella de la concejalía tiene más material para hundir a Poder Popular. Algún chanchullo del padre de la novia —dijo a modo de clave—. El señor Martínez de Munguía y Pablo Pecci han disfrutado muchos años del monopolio. Y en cuanto cambió algo en su cortijo, empezó la guerra.

—Sus seguidoras no parecen *mu* conformes. La novia dice que no lo defendiste lo suficiente, que aprovechaste lo de Pecci para quitarlo de concejal, que tú eres la más beneficiada por su muerte —enumeró desde las aguas heladas del cálculo inculpador—, que intentaron aliarse con la oposición para echarte y que la cosa puede ser interna para dejarte el camino libre con tu socio Gómez y los presupuestos. Te señalan.

Esther escuchó la acusación como si hubiera recibido la confirmación de la intervención militar de su gobierno.

—No escuches a esa chica, está trastornada por la muerte. En IZQ especulan con todo, quieren la guerra, y hacen mucho daño. Marga no entiende que a veces hay que tomar decisiones difíciles. Julio Gómez es lo que es: un político que se cree que la ciudad es una cosa que comprar o que ganar. No le duele Cádiz como a mí, que se me ha muerto un hombre de frío. Y no he podido evitarlo. Pero hay que llegar a acuerdos con él, se quiera o no se quiera.

Bechiarelli aceptó las excusas políticas con un silencio de burócrata. Esther le entregó los papeles.

—Fírmalos.

—¿Sin leerlos?

—¿Otra vez desconfías?

Bechiarelli firmó con un bolígrafo que había en la mesa del despacho.

—Ahora eres un trabajador de la coalición. Asesor de seguridad. Dado de alta.

—Bonito eufemismo. ¿Tengo que aprenderme tu catecismo?

61

Esther lo midió como si quisiera calibrar el nivel de guasa que tenía su nuevo asalariado.

—¿Quiénes son los elementos tóxicos que daban por culo en las asambleas? —dijo para no perder el tono.

—¿Me estás interrogando? Gente que se quedó atrás —se obligó a decir.

—Claudio Elizondo.

Esther le sostuvo la mirada como si ahora calculara la fortaleza de Bechiarelli y las tesis que justificaban su trabajo.

—Bocalandro te hará un informe —concedió como si los nombres tuvieran demasiadas aristas al recordarlos—. ¿No sabes nada de un tal Pérez? —preguntó como si estuviera hablando de la gran esperanza blanca de la política gaditana—. Fernando Pérez.

Esther le extendió una fotografía de un grupo de gente. Bechiarelli negó con la cabeza.

—Era un militante de Poder Popular, un tipo muy simpático. Es el calvo con las greñas por detrás. Este era uno de los que no paraba de citar y usar la teoría como *coaching* para el militante. Siempre tenía una cita para todo. No paraba de hacer fotos y era de los más pesados. A veces sospechábamos de él, pero luego resolvía algunos asuntos, curraba. No fallaba nunca, siempre puntual. Y eso era de agradecer. Aunque luego nos freía con sus arengas revolucionarias y su rollo de que éramos unos tibios. Un pesado. Al parecer, ha desaparecido así como por arte de magia. Voló. ¿No te parece raro?

—¿Tiene que parecérmelo? —dijo Bechiarelli observando al tipo.

—Su teléfono no está operativo. ¿Quieres más pistas?

—Un infiltrado.

—Más claro, agua. Se están replegando —dijo como si mirara un tablero del Risk—. Búscalos. Porque tiene que haber otro seguro. Tienen que saber algo. Trabajó mucho con Gabriel.

Bechiarelli se lamentó de tener que desmontar la línea de

investigación de la alcaldesa como se desmantelan los coches de choque de la feria cuando en el albero solo queda basura y frío.

—Mira, Esther, con todos mis respetos, eso sería como buscar en la misma cueva al cangrejo moro que vimos la semana pasada. Una aguja en un pajar, por ser clásico. Se sabe que a los infiltrados que han estado expuestos los mandan lejos para que no den el cante. Desaparecen, los destinan a otro sitio.

—Tira por ahí, es la línea maestra —dijo sin aceptar peros, y le entregó el dosier del señor Pérez —. Lo importante no es quién ejecuta sino quién da la orden.

Bechiarelli lo aceptó como el que recibe un examen sorpresa.

—Confío en ti —Esther bajó los decibelios hasta el susurro.

La convicción en la mirada de la alcaldesa no enturbió la maquinaria de ironía del detective, que parecía resistirse al campo magnético de Esther con más destrezas.

—Ya tenemos el infiltrado. Ahora faltan el arrepentido y el confidente, ¿no?

—¿No me digas? —Hizo una mueca mordaz ante la inconveniencia del comentario—. ¿Y las amenazas por teléfono?

—Cosas mías.

—Van a desahuciarte.

—Eso está por ver —dijo con prurito épico.

Esther frunció los labios. Fue un tiempo muerto bergmaniano en las profundidades del ayuntamiento, en aquel despacho-cueva en el que la alcaldesa recibía las plegarias y promesas de sus fieles.

—Nos vemos pronto. Pero esta es la línea —dijo señalando el dosier.

Bechiarelli se despidió con la sensación de haber sido presionado, como una espinilla, por un dirigismo de algodón y palabras susurradas que no le gustaban un pelo. «Me-*cagon*-la-*ma* —se dijo—, estoy en medio de un marronazo que ni te lo crees.» Pero se alegró de que la cosificación de la compañera alcaldesa pareciera más controlada.

En el pasillo se cruzó con dos señoras que iban a ser recibidas en audiencia, subió las escaleras, salió por la puerta lateral, en la que esperaba la funcionaria con cara de orco guardiana de las entradas y salidas.

No tenía ganas de seguir, ni de obedecer ni de justificar las sospechas de la alcaldesa. Ni de encontrarse con el funcionario amenazante, que lo observaba desde la equidistancia de una llamada de teléfono. Saludó con un gesto al detective, que se perdió en la maraña de calles con la pregunta sobre qué hacer: si buscar una barra acogedora y un aparador que resguardara la gastronomía conocida del abecé del taperío de la memoria o peinar el barrio de Araceli. ¿Se resolvía todo echándole la culpa a un infiltrado? «¿Cuándo vendrán a por mí?» Leyó el informe sobre la vida del tal Fernando Pérez y de sus fortunas, adversidades y actividades en Poder Popular.

Buscó en sus contactos del móvil al policía más *apañao* que conocía. Llamó.

—Cagueta, *pisha*, ¿dónde nos vemos?

8.

Habla, pueblo, habla

*B*echiarelli supo que abril iba a ser el mes más cruel de camino a la casa de Gabriel Araceli con la intención de obtener datos confidenciales de los cotillas y agentes de la Stasi nativa. Le pareció que el robusto tipo con gafas de sol que llevaba un auricular en la oreja iba a abordarlo después de avistarlo desde una esquina. Se acojonó cuando descubrió a una mujer que esperaba la cola de un cajero vigilando sus movimientos. Se cagó vivo cuando un angango en moto casi lo arrolla en la confluencia de dos calles.

—¡Carajote! —gritó el motorista.

De pronto, su mundo se había convertido en un laberinto de amenazas veladas, de vigilancias y seguimientos, en un escenario de desconfianza en el que una maceta le podía caer en la cabeza desde una azotea. Las calles de Cádiz, esa vieja ciudad rodeada de murallas, eran una ratonera en la que los gatos lo esperaban en cualquier esquina o callejón, camuflados entre los cruceristas, animadores o funcionarios, para tachar su nombre de una lista.

—¿Quién carajo me mandó a mí…?

Intentó relajarse apoyándose en la cotidianidad de la fauna gaditana. Una abuela de bata se asomaba a la primavera en su balcón de geranios y bombona, con la novedad que daba el paisaje tras el derrumbamiento de la finca que encajonaba sus señas en lo sombrío de una calle estrecha. Un quinqui cincuentón con mochilita de guerrillero de calle, superviviente de los años de grifotas ochenteros, llenaba una botella de cinco litros en una fuente. Un cocinero de uniforme puntillista fumaba un cigarro a las puertas de un restaurante. Pero la sonrisa de aquel cincuentón que esperaba en la puerta de la finca de Araceli le desbarató la imaginería. Le mantuvo la mirada hasta que se dio cuenta de que esperaba a una señora que arrastraba un carrito de la compra.

La finca del edil era de nueva construcción y apenas si casaba con las que tenía alrededor. Aún estaba fresca la mano de pintura que cubría las amenazas. Llamó al telefonillo.

—Era *mu* buena gente. Aunque paraba poco por aquí —valoró la vecina del bajo—. Y nunca saludaba el hijoputa.

—*Porejito*, qué mala suerte tuvo. No veas cuando entró de presidente. Eso era un bastinazo —recordó su vecina de rellano—, nos echaba unos discursos que ni Bogote, *pisha*, qué tío más *pesao*. Y ahora, ¡cualquiera le llevaba la contraria!

—Ese se lo estaba buscando —dijo el reponedor del supermercado de la esquina con contrato por horas—, por estar *metío* en trapicheos con sinvergüenzas. El Pecci ese es un caradura.

—Tenía una *quería*, que yo lo sé —opinó el frutero con aire de conspiración—. Desde que se peleó con la Esther no levantó cabeza.

—Era un golfo. Le gustaba *musho* la-tú-me-entiendes —comentó un jubilado en un bar de desayunos—. Mira cómo acabó. Mucho rollo de cambio pero son iguales que los otros. Muchas promesas pero no cumplen *na*.

—Ese iba de revolucionario pero te digo yo que luego no era *pa* tanto —explicó el administrativo de una inmobiliaria—. Porque me han dicho que la casa se la compró del tirón, así sin hipoteca ni *na*. Dime tú a mí si no se estaba forrando con la política.

—Al pobre le dieron la del pulpo con lo del tío ese que hizo chanchullos —aseguró la chica de una mercería—, *normá*, es que eso no se puede *aguantá* de la poca vergüenza que tienen algunos. Y nosotros pasando fatigas.

Apenas si recopiló datos sobre entradas y salidas tempestivas o de juergas en el piso.

—A ese lo han *quitao* del medio, te lo digo yo. No es *normá* las cosas que están pasando en Cadi. Dime tú a mí qué hacía un concejal a las seis de la mañana en la calle. Algo bueno no debería estar haciendo —afirmó un viejo que se pasaba las horas en la puerta de un estanco—. Las apariencias no engañan, las apariencias son *verdá*.

—Tenía una muchacha que le limpiaba la casa —le comentó una señora que lo había visto deambular por el barrio—, porque se conoce que su novia no hacía *na*. Pregunta ahí en la tienda aquella, que ahí la conocen mejor.

La encontró limpiando la casapuerta de una casa palacio donde, según una placa de recuerdo, una señora había celebrado las tertulias con más asistencia durante los días dorados del constitucionalismo gaditano. Era una mujer con la rotunda presencia de un cuerpo fortalecido a base de golpes y reveses en la vida. Tenía tatuado en el antebrazo un nombre de niña y necesitaba un tinte en las mechas rubias. Recibió a Bechiarelli como si fuera un cobrador del frac que le iba a pisar el suelo fregado. El detective usó sus referencias y la patente de corso de su abuela la Papona para facilitar el flujo de información.

—Yo poco te puedo decir, hijo. Pocas veces coincidíamos. Eso sí, nunca lo escuché hablar de fútbol o de películas. Siempre de mamoneos políticos. Mucho lío siempre. A mí me da que se agobiaba porque no le salían las cosas como él quería. Se le veía en la cara. A veces venía el padre de su novia, un señor así con pinta de rico, y se ponían a charlar de las cosas del ayuntamiento. Parecía que se llevaban bien. Tanto es así que sé que se iban a mudar a un chalé en El Puerto, de esos con jardín. A tener familia, fijo.

—¿La alcaldesa estuvo alguna vez en esta casa?

—Ella vivió una temporada aquí antes de ser alcaldesa. Hasta que se formó una buena bronca y se fue. Al *na,* apareció la jovencita. Una pava.

—¿Por qué fue la movida?

La mujer se inclinó hasta Bechiarelli con gesto de confidencias y secretos.

—Se enteró de que se estaba con otra —susurró.

68

9

Félix Dzerzhinski y el cóctel *melocotov*

—¿*Q*ué? De la KGB, ¿no?

El Cagueta se rio por la nariz y negó con la cabeza. El policía, de paisano, barrigudo y con barba canosa, lo esperaba en un banco de la plaza de Candelaria. La tarde era un rumor de periquitos acogidos en las ramas de las araucarias y pinos.

—Bechiareloski, tras el telón de *piera* ostionera —anunció con voz de locutor intrigante.

—¿*Questá-blando*, Cagueta?

El detective quiso detener la lluvia de pamplinas y la risa cargante con un rachote. Pero el policía, al borde de la jubilación, aparte de aclararle las posibilidades de guerra sucia, no iba a soportar el empujón del desquite. Así que enseñó la palma de la mano como si diera el alto en la frontera para cotejar la documentación de la guasa.

Los unía una vieja red de movidas, desencuentros y confidencias. Y, sobre todo, el agradecimiento sincero y constante del Cagueta, labrado en la generosidad del detective en aquel lejano caso del descuartizador de Cádiz.

—Yo sé lo que sale en las noticias. Un robo que acabó *fatá*.

—No me salgas con la canción de que Cadi está a la altura del mítico Barbate de los narcos y todo ese rollo de la inseguridad, *alfavó*.

—Ahora lo fuerte está en La Línea. Lo del robo es la explicación más sencilla, Rafaé —dijo paternal—. Iba solo, borracho, lo pillaron y se la dieron mortal. No tenía la cartera ni el móvil. ¿Qué más quieres?

—Explícame por qué hay tanta pasta base para los parias. Hay que dejar limpio de morralla el barrio de La Viña para los pisos turísticos, ¿no?

—¿*Ánde* va —alargó la última vocal como un sendero por el que la socarronería corría—, Perrimanson? Eso sí que suena a conspiración, pero de la buena. Agentes internacionales matando en Cádiz a un dirigente de medio pelo. La CIA metiendo papelas en la calle Patrocinio. Rollo *to*.

—Cagueta, se está hablando de guerra sucia y de caza de brujas. ¿No te preocupa?

—A mí —se señaló el pecho—, na. Me preocupa mi jubilación. Y guerra sucia-sucia la que me has hecho a mí. ¿Qué es esto de traerme a un bar que parece un museo? —Señaló la puerta de aquel café de alcurnia—. ¿No te parece raro que de La Marina nos hayamos venido a esta cafetería de tanto postín?

—*Pisha*, te quejas por *to*. Estamos en la ciudad del cambio.

—Del cambio de chaquetas. Me escama tu rollo. Quieres discreción. Se ve, julandrón.

En los sótanos de la DGS del detective se encendió una bombilla y el funcionario interno se puso en guardia. ¿No estaba siendo cuidadoso? ¿Acaso no era el zar de la discreción en una ciudad tan endogámica? ¿Quién sabía del encargo?

Entraron en el café. Bechiarelli echó un vistazo a la pomposidad arquitectónica del local, la carpintería rococó, las escayolas, el pan de oro, los apliques y cornucopias, los muebles clásicos de local restaurado en el que muchos ansiaban escuchar los rumores de los literatos decimonónicos, el parloteo de las damas de alcurnia, las míticas tertulias doceañistas y el frufrú de los camareros solícitos.

—Esto es un sitio para gilipollas que quieren pagar un café a tres pavos, Rafaé. Y mirar a la gente desde la ventana. Es un bar de mirones. Y de gritones.

Se sentaron y pidieron café en taza. Parecían dos *mujiks* invitados al decorado de grandeza del zar.

—Yo no sé cómo has caído en su trampa. Bechiarelli, el héroe del pueblo. *Tesquiyá.* Te la estás jugando.

—No puedo trabajar en cosas así, ¿no lo sabes ya? Es solo curiosidad, *peaso* sieso. Estoy cortito de curro y tengo que distraerme.

—¿Distraerte? Si estás *aburrío*, te pones a leer libros, como cuando eras vigilante nocturno en la nave del Procosur. O te vas a pescar con Juanelov.

—¿A ti te parece lo más normal del mundo que un concejal dimita por un caso de corrupción y a los dos días aparezca muerto? Como en las películas. ¡*Home*, por *favó*!

—¿Vas a taparles cuando la mierda salpique como una ola en los bloques del Campo del Sur en un día de temporal? *Lascagao*, Rafaé.

—¿Vais a tapar un asesinato con dos parias en la cárcel? —contratacó—. ¿Y un tal Pérez, militante del Poder Popular que ha desaparecido misteriosamente?

El Cagueta miró a Bechiarelli y negó con la cabeza como si quisiera responder a la pregunta con un «déjalo ir» o un «no te metas». El detective asintió. El Cagueta adoptó el tono de las confidencias, ese en el que se confesaba el secreto tipo de la chirigota de ese año, se enriquecían las habladurías sobre los enchufes en la Diputación o la sinopsis de los amoríos extramatrimoniales de un vecino.

—Mira, Rafaé, si se planteara la conspiración y el asesinato, te digo yo que se hace mejor. Más *pofecioná*. Se plantea como un suicidio, un accidente en el que se vean implicadas armas, cuchillos, una excursión de senderismo por la sierra con precipicios, resbalones, un envenenamiento que no puede ser des-

71

cubierto en la autopsia y que pasa por enfermedad congénita. O te caes casualmente de una azotea.

—O de una mesa, como Salvochea.

—Un espiochazo es un trabajo cutre, Rafaé. *Pa* echarlo.

—¿Os esperabais esto?

—Ni de coña. Las papeletas las tenía todas ella. Todas.

—¿Por qué ella?

—Está claro por qué. Esto es algo inesperado. Eso sí, no te voy a *negá* que los están enmierdando a base de bien. De cualquier pamplina se hace un mundo. ¿Un nota se mosquea con el concejal?: a la prensa a rajar. ¿Que a un bocazas se le va el coco en un pleno?: un año de cárcel. ¿Que ella es guapetona?: una foto en pelotas. Quieren echarlos sí o sí. Todos los *enchufaos,* los estómagos *agradecíos.* La gente de Esther está nerviosa. Ve fantasmas en cualquier sitio. *Normá.* Porque es lo que le faltaba a este sainete: una muerte. Hay gente que está esperando a que los más radicales pierdan los papeles, como ese hombre en el pleno. Y la líen con pintadas, sabotajes a sedes, reventando actos de la oposición. Pero te digo una cosa: eso sería como agua de mayo para los que están deseando que se líe gorda y haya violencia que justifique la mano dura. Yo espero que no hagan nada. Por Dios. Ayer me han *contao* que detuvieron a dos chavalitos de camino a la sede de los socialistas de Gómez y que en una mochila llevaban palos y piedras. Botellas para cócteles *melocotov.*

—Molotov.

—Como se llamen.

—Lo típico, Cagueta, esas mochilas mágicas que tanto manejáis cuando hay que poner el atrezo. A algunos les deberían dar premios en los Max, *pisha.*

—Te lo digo yo: no hay agentes de nada. —La voz del Cagueta alcanzó la seriedad de un profesional.

—Dicen que hay nazis. ¿Puede ser una paliza que se les haya ido de las manos?

—Ahora no están en las calles. Están en los despachos.

—Al *finá* te enteras de *to*, Cagueta. ¿Y Monguío? ¿Tiene ya a su Sacco y Vanzetti?

El Cagueta arrugó el rostro ante los dos nombres de los anarquistas que fueron juzgados, sentenciados y ejecutados por un supuesto robo.

—¿Tiene a su comensal del marrón? Su gurmé de…

—Está en ello —cortó el Cagueta.

—¿Qué contó el purgado Elizondo?

—Tiene una buena coartada. Una cena de alcurnia muy bien acompañado de Pecci y la oposición al completo, copeteo en La Bodeguita y luego a su casa a dormir.

Inmersos en una conversación entre risotadas, irrumpieron en el café un grupo de enchaquetados que Bechiarelli identificó como cargos medios y políticos de tercera fila de la Diputación o de cualquiera de las delegaciones territoriales. Chaquetas, zapatos brillantes, buen pelo. Eran la cuarta generación de los perennes que siempre estaban ahí: en un despacho de una secretaría de transición económica, en un centro de transferencia territorial, sin dar un palo al agua. La atmósfera del café se enrareció hasta que pasaron a una mesa y allí regaron sus comentarios con un vino recomendado por un sumiller. Bechiarelli pensó en lo que sería capaz de hacer uno de esos si se viese apartado por los del cambio.

—A Cadi le hacía falta un cambio porque los de antes ya estaban dando el cantazo mucho. Un descaro. Y ha venido ella. No es mejor ni peor. Nadie es perfecto.

—¿Tú también, Bruto?

—¿Por qué soy bruto yo, *joé*?

—Bruto era un político antiguo, Cagueta de mi alma. Pero ¿no me acabas de echar la charla anti-Esther? ¿En qué quedamos?

—Era broma, carajo. Me gusta darte el cargote.

Bechiarelli pensó en Roberto Bocalandro y su carga en un momento de lucidez empática.

—Yo me la creo porque lo que dice lo hace. Y me cae bien. —El Cagueta adoptó el tono de la sinceridad—. Hay que darle tiempo porque no se pueden cambiar veinte años en diez días y limpiar de mierda la casa, a pesar de los del cortijo, que la están enseñando en pelotas, la pobre. Ella se ha interesado por nuestras jubilaciones, que son una mierda. Vino a nuestras concentraciones, charló con nuestro sindicato. Y eso me vale.

—¿No temes que se vengan arriba y te quiten la casa, el coche, la Semana Santa, no te dejen beber Coca-Cola y prohíban las misas?

—Déjate de pamplinas, Rafaé. La Semana Santa ha *estao* espectacular de gente a pesar de la lluvia. Pregúntale a cualquiera. Hasta el Consejo de Hermandades la defiende.

—El capillismo, fase superior del gaditanismo —comentó el detective.

Minutos más tarde, después de que el Cagueta se despidiera reincidiendo en el cargote sobre el agente Bechiareloski, el detective le dio llama al informe Pérez con el mechero y esperó a que las cenizas cayeran en una papelera como un gesto ético de ciudadano consciente.

10

El último combate de Gabriel Araceli

*B*echiarelli había declinado la invitación a los actos de homenaje y al sepelio de Gabriel Araceli. La excusa: podría dar el cante entre militantes, simpatizantes y familiares. La posibilidad de que su careto apareciera en las portadas de la prensa local y nacional junto al friso de rostros entristecidos le agriaba su estar en el mundo durante esos días de luto decretados por la corporación. Buscó el consuelo a sus miedos y agobios con la dosis exacta de sangre en tomate en su bar de guardia, ración que calificó de dieta pagada por Poder Popular mientras veía en la televisión el entierro de Araceli.

Entró en el bar Bocalandro como en una obra de teatro de comisarios políticos en los tiempos muertos de su frenética actividad.

—¿No vas a los actos de homenaje? —dijo con la boca llena el detective.

—Descubrir quién fue el culpable es mi homenaje —declaró con pompa, como si siguiera las órdenes de Stanislavski.

—¿Tú?

—Bueno…, ayudar. —Bocalandro se asomó con asco y desconcierto a la tapa de sangre en tomate—. Vengo de allí. Demasiada hipocresía.

Dibujó un tanatorio repleto de personalidades y de gente

común. Tensión política no resuelta entre muchos cuadros y militantes de las diversas facciones y familias de Poder Popular. Se lanzó a la estadística de participación. Casi mil personas. Coronas enviadas desde los lugares más lejanos. Ronda de declaraciones de familiares, amigos y personalidades en conexiones en directo para la televisión nacional. Parlamentos repletos de lugares comunes de entierro de Estado provinciano. El aplauso cerrado cuando el féretro salió de camino del Cementerio Mancomunado. Algunos gritos: «Araceli vive», «La lucha sigue», «Sí se puede», «No tenemos miedo», y un largo cancionero de estribillos que la multitud iba engarzando.

En la televisión del bar apareció Esther Amberes en una rueda de prensa a las puertas del cementerio. Flanqueada por un nutrido grupo de militantes de Poder Popular, entre los que Bechiarelli distinguió a Mira y a Marga.

«Debajo de todo este dolor está la desestabilización de nuestro gobierno por y para los más necesitados, esa gente que está soportando la crisis y el cerrojazo institucional al que estamos sometidos desde hace unos meses. Las insinuaciones de moción de censura de los señores Gómez y Cartago son parte de la gran estrategia de los poderes de siempre para borrarnos de la historia.»

—La famosa moción de censura —dijo Bechiarelli deteniendo el tenedor en el aire.

—Van a por nosotros.

«Nuestra memoria recuerda los culatazos, los cuerpos que se tiran por un puente a las oscuras aguas del río y aquel piolet. Se ha aniquilado a un político que les decía las verdades a la cara, sin miedo. Alguien valiente. Gabriel nunca tuvo miedo. A pesar de las amenazas, de los insultos, de la ofensiva de los podridos estamentos del Estado. Desde aquí les digo: no cejaremos en nuestro empeño hasta demostrar que su muerte es parte de la guerra sucia, algo connatural a un sistema corrompido que ha llegado demasiado lejos. Tan lejos como en los tiempos más negros del terrorismo de Estado. Una guerra que no se hace con armas, sino con una deuda impagable, con la burocratización de las ayudas, con las presiones de Hacienda, en forma de derechos que desaparecen y que causan miseria, suicidios, precariedad, adicciones. Gabriel ha muerto en la defensa del pueblo como su representante.»

Esther hizo una pausa dramática.

«Necesitamos más que nunca su dignidad y su servicio. Esa dignidad que Gabriel llevó a los sindicatos, a Astilleros, a las asociaciones, a las mujeres, a los parados, a las abuelas. Esta injusticia es otra más por la que vamos a luchar. Porque es injusto que una persona de paz haya acabado así. Lamento que nuestras autoridades afirmen que se trata de un suceso violento y se aproveche este hecho para criticar el fracaso de las políticas sociales que llevamos a cabo. Lamento la instrumentalización que se hace de su muerte. Ni los muertos están seguros ante el enemigo. Nosotras heredamos este contexto de crisis y pobreza, creado por los que ahora lo critican. Y sabemos quiénes han hecho posible que estemos así. Los que robaban de las arcas municipales, los que enchufaban a sus familiares, los que usaban coches oficiales y tiraban el dinero de todos y todas. No vamos a cejar hasta que los culpables de esta atrocidad caigan en las manos de la Justicia. Este sistema asesino no solo acaba con los más pobres, sino también con quienes los defienden. Gabriel Araceli volverá y será millones.»

Sus ojos miraron a las cámaras como dos focos.

«Respóndanme a esta pregunta, señores de la oposición: ¿la guerra sucia acabará cuando yo esté muerta?»

La perplejidad sobrevoló la rueda de prensa. Se abrió la ronda de preguntas mientras crujían los flases sobre Esther Amberes.

«¿Piensa usted que está en peligro?»

«Yo vivo, desde que soy alcaldesa, en el tiempo del peligro.

¿No han visto la fotografía que, estoy segura, les llegó al móvil? Cada día puede ser el último. Eso es algo que se aprende en la calle, no en los despachos.»

«La diosa desnuda, aparta de mí ese Cádiz», se dijo Bechiarelli.

«¿Desconfía de la policía y su investigación?»

«No desconfío de los profesionales, pero sí de quienes la dirigen. Hay muchas lagunas en las explicaciones y en la autopsia. No aceptaremos una investigación que pretenda cerrar el caso pronto y con explicaciones vagas.»

«¿Es cierto que están haciendo una investigación paralela?»

«No.»

«¿Ahora es posible la negociación con la oposición para aprobar los presupuestos? Gabriel Araceli era uno de los que más se negaba a traspasar esa línea roja.»

«Lo que haga Poder Popular lo decidiremos en común. No es tiempo de negociar. Es tiempo de duelo y luto.»

«Se habla de cisma, ¿es eso cierto? ¿Confirma usted que Gabriel Araceli e IZQ iban a salir de Poder Popular?»

Los ojos se le llenaron de lágrimas que a Bechiarelli le dieron ganas de enjugar con la bandera de la cercanía y la comprensión.

«Esta muerte nos va a cohesionar aún más.»

Esther mostró el dosier grapado.

«Tenemos datos de que la oposición, mediante una empresa investigada, contrató un servicio de noticias falsas para desprestigiar a este equipo de gobierno. Espero que la Justicia actúe con diligencia en este grave caso de juego sucio.»

La rueda de prensa se acabó con una avalancha de preguntas sin respuesta y un revuelo de flases que iluminaron dramáticamente la salida del estrado repleto de alcachofas. El séquito de nuevos mandarines de la nueva política impidió más preguntas de los reporteros. La alcaldesa desapareció por la puerta de un coche.

—Noticias falsas —retó a Bocalandro mojando pan en la salsa de la sangre en tomate—: un, dos, tres, responda otra vez.

Bocalandro se gustó sabiendo de su utilidad para con el detective. Quizá esa era la tercera vía para caerle bien a ese detective sieso: responder al gran *quiz* de dudas, detalles y cotilleos sobre política local.

—Es una trama que se destapó sobre el antiguo alcalde. Malversación. Cajas B. Contabilidad en negro. Dinero para difamar con noticias falsas. Se aireó el pasado militante de muchos que ellos llamaban radicales pancartistas, como Manolo Nogales y José María Sabajanes, gente dura de los viejos tiempos, sacaban las imágenes más violentas de las manis, las declaraciones incendiarias en las redes. Todo fue saliendo en la prensa. Para estupor de los moderados. Incluso intentaron enfrentar al padre de Mira, Martínez de Munguía, con Esther.

Bechiarelli se imaginó a Gabriel Araceli en una charla informal en el cumpleaños de su novia, en una finca lujosamente decorada, mientras hablaban de licitaciones y contratos. La imagen de Fernandito Terrón-Perlada duchado, afeitado y bien peinado le inquietó.

—A Mira se le olvidó decir que el fichaje de Pecci, que estaba en la órbita de los socialistas, atrajo a Poder Popular a un montón de votantes socialistas que no pueden ver a Julio Gómez o están desencantados con su liderazgo. Eso dejó a Gómez bastante jodido. Pero también a los que llevábamos años currando en los barrios, con las asociaciones, y que rajábamos de que Pecci llegara por arriba y sabíamos de sus manejos, de la gente a la que metía por la misma cara, pero Gabriel no nos escuchó. No hizo nada. Esperó. Ya estaba la cosa calentita con el fuego que teníamos encima desde la elección del Consejo Ciudadano. Hubo mucha bronca porque Elizondo denunció maniobras de IZQ para tener mayoría. Pero Araceli perdió.

—Perdió. Dimitió. Y quería romper la coalición. Muy contento no estaba.

—Esther es la que quiere incluir a todo el mundo, a Gómez y su partido sobre todo, para tener estabilidad presupuestaria y hacer frente a los retos de la ciudad. Pero Araceli quería la guerra, dejarlo fuera de toda decisión.

Bocalandro elevó y bajó los hombros como si aceptara el viejo adagio de «Nuestra división es su fuerza» con el *fatum* del milenario cainismo.

—Nombres de elementos tóxicos de Poder Popular. Por ejemplo: Claudio Elizondo.

—Claudio fue uno de los animadores de la coalición al principio. Antes de nosotros, metía mucha caña en los plenos. Lo detuvieron por las protestas diarias frente al ayuntamiento sobre el caso de la publicidad de las paradas del autobús y las deudas millonarias del Ayuntamiento. Lo *jartaron* de multas y hasta estuvo de arresto domiciliario. Iba para héroe y mártir, y acabó yéndose —zanjó Bocalandro con la parquedad del que mal defiende a sus compañeros—. Acusó a Araceli de ser un manipulador y de arrebatarle un sitio en el Consejo Ciudadano. Y de mil cosas más. Tanto fue su mosqueo que se rumorea que fue él quien filtró lo de Pecci a la prensa. Ahora dinamiza a un grupo de parados. No falta a los plenos.

La sardinita de premio para la foca informativa en la que se había convertido Bocalandro fue una media sonrisa sincera de Bechiarelli, que salió del bar y le dio lumbre a un porro cabezón que se había sacado del bolsillo de la camisa. Bocalandro frunció el ceño al ver el *macafly* y que la primera calada lo había envuelto como una niebla londinense.

—Búscame a Elizondo y déjame un traje de chaqueta.

11

El Cádiz de los cortes

Aquella tarde Claudio Elizondo arengaba con un megáfono a los quince parados de su grupo que habían cortado la avenida del Puerto cruzando sin parar el paso de peatones.

—Reindustrialización de nuestra Bahía y dejarse ya de milongas.

Elizondo era un cincuentón con gafas cuadradas y pelo ralo que mantenía aún los dos flancos canosos y una barba que los conectaba en un reverso simétrico de lo que fue una cabeza a la que, según el exalcalde y su séquito, había que darle un cate. Prejubilado de una de las empresas que huyó del suelo industrial de Cádiz a parajes de mano de obra más barata, era llamado por sus iguales «pilar de la lucha social».

Bechiarelli leyó en los rostros de los parados la larga tragedia de la desocupación, las ayudas, el fin de toda subvención, el desgaste del cacareo revolucionario y el oportunismo que los movilizaba, la ausencia de fe y esperanza, la rabia teledirigida de aquellos que llevaban en la fuerza del diazepam y en la voluntad de la nicotina el porvenir.

Gafas de sol, perillas, barbas de tres días, cabezas aturdidas por una medicación prescrita contra la depresión, estómagos hechos al menú de lo que hay, anillos de *casao*, manos trabajadas con el halo de estar desaprovechadas portando pancartas caseras con lemas en los que se incluía el uso político de los genitales masculinos.

«Menos lamentaciones y más cojones», leyó Bechiarelli, que intentó aplicarse el mantra ante el futuro que lo esperaba sin su oficina. Las consignas tenían como colchón armónico una textura de cláxones de la caravana que se había conformado para deleite de compositores de arte sonoro. Se unió a la movilización bajo la mirada atenta de un parado que desconfiaba de aquel traje que le había dejado su carabina militante.

—Carga de trabajo ya. Y si no, ¡huelga de hambre!

Entre el tráfico colapsado empezaron a sonar las sirenas de la policía. Elizondo deslocalizó la protesta, y la concentración se trasladó a la plaza de San Juan de Dios frente al ayuntamiento. El tráfico continuó. La policía llegó, habló con Claudio y se volvió a ir. Bechiarelli se presentó.

—Me ha dicho Bocalandro por teléfono que usted quiere hacer un reportaje sobre mí. ¿Es eso verdad?

—Bueno, más que un reportaje me gustaría hacerle unas preguntas. Trabajo para un director de cine que está documentándose sobre la situación política de Cádiz para una película. Y considera que usted es fundamental en todo el proceso de cambio. Un héroe del pueblo.

—Mi autobiografía —dijo Elizondo con pompa y boato—. Por fin se hace justicia.

—Algo así, pero cambiando algunas cosas. —Bechiarelli tuvo que aguantar la sonrisa—. Para evitar denuncias y querellas.

Claudio Elizondo asintió como si estuviera de acuerdo con todo lo que había expuesto el detective, que se gustó en la sintaxis de la adulación. Además, había afinado los fonemas, había colocado su aparato fonador en la normalidad de la pronunciación castellana. «Parezco un sevillano», pensó con tristeza. Elizondo apagó el megáfono, recogió las pancartas en las que se denunciaba la miseria del desempleo, guardó los accesorios de la protesta en un carrito de la compra lleno de pegatinas, veterano de marchas, manifestaciones, concentraciones, encierros y mítines. Se disculpó ante los desempleados.

—*Señore*, mañana nos *vemo*.

—¿Dónde podríamos estar tranquilos?

Claudio se dirigió a un edificio anexo al ayuntamiento que albergaba dependencias municipales. Saludó al conserje y sin más explicaciones guardó el carrito en un cuarto con llave. Luego invitó a Bechiarelli a entrar en una salita de reuniones con una enorme mesa.

—¿Podemos estar aquí?

—Esto es del pueblo de Cádiz —declaró con vehemencia arbitraria—. Que vengan a echarme.

Elizondo se sentó y sacó una carpeta llena de papeles.

—Fue catalogado por Araceli como elemento tóxico, ¿no? —dio pie Bechiarelli—. La policía lo ha interrogado.

Claudio adoptó el rostro de circunstancias cuando le nombraban a su némesis, como si aquel nombre le pesara como un ancla de petrolero.

—¿Qué tiene que ver eso con mi película?

—Es un nudo dramático —justificó Bechiarelli—. Usted es un sospechoso. Filtró lo de Pecci a la prensa y por su culpa Gabriel tuvo que dimitir. Colaboró con los que antes lo habían denunciado —completó Bechiarelli con tacto— y con los que lo arrestaron en su domicilio. Podría haberle dado un porrazo en la cabeza.

Claudio se abalanzó contra Bechiarelli con el dedo índice apuntándolo.

—Eso es falso.

—¿No es un opositor subvencionado?

—Pero ¿esto qué carajo es? —El tono de Claudio fue el de un atronante señor que se indigna pero no pierde las formas—. ¿Viene a insultarme? ¿A ponerme como los trapos?

83

Usted no sabe quién soy yo. Yo tengo una ética. Vengo de la protesta en la calle, de la indignación, no de los partidos que se aprovecharon de nuestra fuerza popular para reconstruirse, rearmarse, para que todo acabara igual. Porque la Bonat y el Sabajanes —golpeó en la mesa con el índice a ritmo de apellido— siguen ahí, con su asientito en el Consejo Ciudadano, son políticos profesionales, sindicalistas, cuadros. Las injusticias siguen. Tenemos un montón de parados con más de cincuenta años. Necesitamos que levanten el culo de los sillones y se pongan a buscar soluciones al paro y la pobreza que sufrimos. Yo no sé qué le han contado de mí, pero yo me reúno con quien me sale del carajo. —La vehemencia de Elizondo alcanzó la intensidad del frenesí verbal—. Soy una persona del pueblo. Un ciudadano. Mire, filtré la noticia porque quería defender de un trepa, de un chupasangre, al único partido que me ha representado, al que le he dado horas gratis de trabajo, organización, casi mi sangre. A Pablo Pecci había que atarlo en corto. Porque fue un error que ganara tanto poder así, por la cara, por el dedazo de Gabriel. ¡Tuvo las puertas abiertas del ayuntamiento! Lo conozco de hace muchos años. Pero nadie decía nada, todos callaban. Menos yo. Todo porque a Gabrielito le interesaba hacer daño a los socialistas, a Gómez.

Su desparrame de verborrea explicaba la empatía de Bechiarelli con los que pacientemente lo escuchaban cuando intervenía en los plenos. El trágico adobo de la historia se repetía como la farsa en el papelón de *pescaíto*.

—Yo fui el que cuestioné las asambleas, el control que tenía IZQ sobre la gente, sobre sus vidas. Yo denuncié a Araceli y a los suyos de tener secuestrado Poder Popular y querer controlar el Consejo Ciudadano. Me vetó cuando yo era el que más me merecía un asiento ahí. Manipuló una asamblea, coordinada con móviles, para que se votara mi expulsión y me llamaran «elemento tóxico». *Aro*, pero el antidemócrata era yo, el personalista, y no sé cuántas cosas más me dijeron. Por ahí tengo el papel. Estuvo durante meses ignorándome, mandándome anónimos al móvil, hablando mal de mí y de mis amigos. Los dejé con la cara *partía*. Me fui yo. —Aquel fue el «yo» más inflado que Bechiarelli había escuchado en muchos años—. *Asqueao*. Se merecían que filtrara los papeles que me dio Julio Gómez sobre Pecci y sus manejos corruptos. Esa fue mi venganza.

Claudio se pasó la mano por la frente como si quisiera secarse el sudor del trabajo de la vehemencia.

—Gabriel quería que yo me rindiera, que aceptara mi derrota frente a su aparato. —Levantó el dedo como si esperara que le cayera el dónut de la gracia—. Yo soy un luchador. Se me parte el alma cada vez que lo pienso. Salí porque le han dado la espalda al pueblo de Cádiz. Ya no me representan. Han perdido toda mi confianza. No me los creo. No me la creo.

—¿Son de su camarilla los dos que abordaron a Araceli en el último pleno que estuvo? Dinamiza a los parados y a la gente que protesta en los plenos.

Elizondo pareció consultar fichas de afines en su cabeza.

—Hay muchos problemas. No sé quiénes son. No soy su jefe.

Bechiarelli templó los tiempos en el agua de la calma.

—¿Qué hizo la noche que mataron a Gabriel Araceli?

—Estuve de cena con la oposición al completo preparando la moción de censura. Lo raro es que Pecci me dijo que Araceli quería ir a cenar. No entiendo cómo podía tener tantas dobleces. Era un traidor. Yo me negué a que estuviera. Hay cosas que no se pueden perdonar. Por muchas disculpas que tuviera para mí. Y por muchas ganas que tuviera de ayudar a la oposición.

El detective se imaginó el banquete de los activistas gurmés: una velada en la que se brindó por la caída de la diosa desnuda con el hedonismo de las celebraciones de fin de ciclo.

85

—¿Qué cree que le pasó a Araceli? ¿Pagó su traición?

—Tuvo mala suerte. Para una vez que sale por la noche, lo atracan y lo matan. Es una desgracia. A pesar de las diferencias que tuvimos, fíjese lo que le digo, a pesar de su sectarismo y de la cantidad de mentiras que dijo de mí, me da pena.

12

La bolchevique enamorada

*L*a figura de la Paqui se recortó a las nueve de la noche en la puerta de su oficina. El impacto, esta vez, fue muy diferente a la llegada de la alcaldesa. Lo que allí fue sorpresa aquí era una suerte de cercanía macerada en el pasado común, una evocación que se había carnalizado después de tantos meses sin verse.

—¿Qué? —saludó la Paqui.

Un Bechiarelli enchaquetado le dio paso franco después de dedicar la tarde al estudio de los viejos periódicos buscando el careto de Martínez de Munguía, y del que sacó la conclusión de que Pecci y Araceli habían sido íntimos y colaboradores. Hasta ese momento no se había dado cuenta de que la había echado de menos tanto. Admiró su belleza pureta. Su forma de moverse por el mundo. «Madre mía», dijo con un prurito que no supo controlar. Se estaba poniendo tierno.

—¿*Va* de comunión? —preguntó la Paqui observando el atuendo del detective.

—Trabajo —se justificó.

—¿Ahora vendes pisos a los turistas?

Bechiarelli encendió un *macafly* que estaba deseando fumarse como si sus rutinas fumetas se estuvieran acentuando con el objetivo de provocar el juicio moral de Bocalandro. A la Paqui le pareció que era un ejecutivo de parranda por los bajos fondos con una antorcha blanca en sus dedos.

—¿Hay alguien afuera en la esquina? Un nota así con un pendiente, pinta de jipi —describió el detective.

La Paqui lo observó extrañada mientras abanicaba el humo blanquecino.

—Sí, había uno ahí esperando. ¿Quién es? ¿Un cobrador?

—Es mi guardaespaldas.

—Me dejas muerta, Rafaé. ¿Un traje-chaqueta? ¿Un guardaespaldas? ¿En qué estás *metío*?

—¿Ya no tienes grupos de cruceristas? —comentó escaneando el vestuario rutinario de la Paqui—. Creí que ibas a venir disfrazada de Frasquita Larrea, o de Beatriz Cienfuegos, la Pensadora Gaditana.

—Me han *dejao* sin curro los hijos de puta estos. Les pedí más dinero y han *cogío* a niñas más jóvenes.

—*Joé*. Qué putada. Eso sí que es un cambio.

—Cambios tú, que pintas la oficina —respondió señalando con la mirada los cubos, trapos y rodillos.

—Yo pintar, pinto poco.

—¿No mojas la brochita?

—Menos de lo que quisiera. Yo tiro de rodillo.

—La pintura es cara, ¿no?

—Más que cara, nunca llega.

—Hay que pedirla con antelación. Ya lo sabes.

—La pedí. Pero ha *tardao*.

—¿Qué quieres? ¿Un grafiti de espray?

—Dar perlita.

La Paqui pareció turbarse. Bechiarelli se puso serio. Se aproximó y la miró a los ojos.

—Estos días ten cuidado, Paqui —dijo con el tono del que da malas noticias o comunica un fallecimiento—. No te fíes de nadie. Hazme caso.

—¿Qué pasa? —El miedo apareció en los ojos de la Paqui—. ¿Por eso el guardaespaldas?

—Me han amenazado. Un gilipollas vengativo quiere echarme de la oficina. Lo malo es que salió tu nombre.

—¿Yo? —Se señaló—. ¿Qué carajo tengo yo que ver contigo? ¡Si hace meses que no nos vemos!

—Tú sabrás. Dijeron tu nombre.

—¿Crees que no me sé cuidar sola?

—Lo creo. También salió el de Juanelo.

—¿Juanelo? —repitió incrédula—. Juanelo te va a dar una de tiburón. ¿Lo has *avisao*?

Bechiarelli dio una calada. Miró al suelo.

—Ese nació *avisao*.

—¿En qué pitote te has *metío*?

—El verano *pasao* curré en lo del guiri, ¿te acuerdas?

—¡No me voy a acordar! —dijo displicente la Paqui.

Bechiarelli le resumió el problema con Antonio Pruna.

—Así que esto era lo «excepcional».

—Excepcional eres tú, hija.

La Paqui reaccionó con ademanes exagerados de actriz de revista a la sonrisa franca y al piropo. Pero luego trocó la expresión en desconfianza.

—¿Qué estás diciendo, Rafaé? No me líes, no me líes.

—Y luego está…

Aquello del «asunto reservado» empezaba a ser un cachondeo, una información manida, un rumor por las calles de Cádiz, en las esquinas, en las colas de la caja del supermercado, en los asientos dobles del autobús de línea.

—Gabriel Araceli —confesó—. Estoy currando para saber qué le pasó.

—¡*Dio, pisha*! —La Paqui se llevó las manos a la cabeza—. ¡Qué *dise*!

—Como te lo digo. Marronazo del quince. Pero guárdame el secreto.

89

—¿No fue un robo?

—Mi jefa me quiere endilgar el rollo de una conspiración.

—¿Tu jefa? ¿La Esther?

—Cree que lo mataron las cloacas del Estado.

—La pobre. Lo de la foto en pelotas es una putada grande de algún cabrón machista. Fíate de ella, se ve que es buena gente.

—¿Qué os ha *dao* esta tía para que os tenga *encandilaos*, carajo? —se quejó al cosmos un Bechiarelli que no terminaba de encontrar la fe ciega en la alcaldesa.

—¿No crees que puede ser algo más sencillito? ¿Celos? ¿Un corazón roto? —dijo la Paqui ignorando el comentario.

—El amor y las relaciones también son política, *my darling*.

—*Tudarlin* ni de coña. ¿Y qué política de relaciones y alianzas manejas tú? —Había picaresca en la sonrisa de la Paqui.

—De momento hay que negociar.

—¿Cuál es tu hoja de ruta?

—Yo soy más del ojal y de camello. Y de eso de entrar en el reino de los cielos.

—Dame pruebas.

Bechiarelli dejó el *macafly* en el cenicero. La besó. La Paqui lo rodeó con los brazos. Cuando el beso terminó, se quedaron abrazados un tiempo indeterminado, una vida, unos segundos.

—Ten *cuidaíto*, por favor.

—Gracias, Rafaé. Y tú también. No te pringues mucho.

—Me han amenazado dos veces, tengo paranoia persecutoria, estoy con las carnes abiertas en cuanto piso la calle —se quejó el detective—. Me van a echar de mi oficina. Y encima, si me pillan los maderos, me dejan sin curro.

En la cercanía el diálogo había adaptado el volumen y el tono a los rigores tersos de la confidencia de pareja.

—No sé qué carajo pinto yo con estas movidas políticas.

—¿Pintamos algo?

Aquel viejo juego de diálogos afilados era la praxis habitual de aquellos dos teóricos que se atraían. Una ley inmutable que sus cuerpos acataban en cuanto estaban en la misma losa del suelo.

Se besaron.

Follaron.

Fumaban. Bechiarelli observó el cuerpo de la Paqui en el catre. Cuando acercaba la mano para acariciar aquella piel, un fuerte golpe en el portón de chapa lo interrumpió y sobresaltó. La Paqui se incorporó tensa. Bechiarelli se envaró. Esperaba otro golpe de acorde en aquel cuarteto de amenazas.

—Carajo, qué susto —dijo apretando los dientes Bechiarelli.

—Tranquilo, Rafaé.

Se vestían.

—Tú, que a tanta gente conoces, ¿cómo tienes la red de golfos y bares? Pero no de las peñas del carnaval. Sino pubs y antros de rockeros.

—Lo *normá*.

—Échame el cable. Tengo que hacer una ronda nocturna. El Grabié pudo estar en alguno poniéndose tibio. También pilló coca. Digo yo que la gente lo veía.

—¿Por qué no te vas con tu guardaespaldas? —propuso displicente la Paqui—. O con Juanelo.

Bechiarelli le aguantó la mirada como si aquello fuera un ultraje a la altura de aquel de los fanfarrones tirando bombas, o del de los ingleses y holandeses incendiando y saqueando la ciudad.

—Juanelo y yo daríamos el cante —dijo con pose de espía costumbrista—. Hay que ser discretos. Además, ahora está *perdío, liao* con algo. Me escama.

91

13

Caos por música: a propósito de la ópera
Lady Macbeth de Mtsensk

*U*n Bechiarelli desubicado acusó la edad en cuanto puso un pie en la calle Manuel Rancés, arteria desangrada de la movida nocturna gaditana. Se rellenaban neveras bajo las barras y se escuchaba música en las pistas vacías.

—¿Dónde está la gente, Paqui?

Se convenció de que las once y media de la noche de un jueves no era la hora buena. Buscaron refugio en La Bodeguita y comprobaron la coartada de Elizondo a pesar del mutismo cómplice del camarero. El bar se adecuó a las necesidades puretiles del detective con sus combinados, ambiente luminoso y jazz de fondo.

La segunda cayó en La Rusa. Era viejo bar de desayunos que disfrutó brevemente de su nueva política de tapas en la oferta gastronómica local por sus blinis, sus arenques y ensaladillas. Acabó con el cerveceo en un solo país, línea en la que indígenas y Erasmus se interrelacionaban en una de las consecuencias sociales inesperadas de los planes de la Unión Europea.

—¿Te suena la cara de este tipo?

La chica de la barra se asomó a la fotografía.

—No. No me suena.

—Estuvo aquí hace poco. Muy borracho.

El runrún de la memoria en el hostelero del siguiente bar en la lista fue como si estuviera calculando los centilitros de cubata que había servido a lo largo de la noche de los tiempos.

—No me acuerdo —dijo la camarera neumática.

—No me suena —dijo el portero musculado.

—Ni idea —dijo el camarero de barba hípster y tatuajes con tinta de lujo.

—No para por aquí —apuntó el encargado afanoso.

El diálogo se repitió como el adobo del freidor. La ronda acabó en una ardentía de dudas, negativas, caras raras.

Fue en uno de los bares más alejados del núcleo central del ocio nocturno, regentado por un viejo clásico de la movida noctámbula, donde la Paqui consiguió un dato después de saludar afectuosamente al dueño.

—¿El *concejá*? Ese estuvo aquí. Con una piba. Me acuerdo porque estuvieron discutiendo.

—¿Cómo era la piba?

—Así guapetona. Pelo corto.

—¿A qué hora fue eso?

—Serían las dos de la mañana.

—¿Estuvieron mucho rato?

—*Na*, una hora o así. El tipo estuvo esperándola aquí en la barra. Bebiendo. Sin parar. El tipo estaba muy enfadado con la mujer. Se veía que tenían cuentas pendientes. ¿Te apetece una copita, Paqui?

—Échala.

—¿Y tu novio?

Bechiarelli mutó a sieso ante la incómoda calificación. Pero aceptó la copa. La conversación fue derrocando el centro de interés aracilesco hasta las cosas de sus vidas separadas. La Paqui invitó a Bechiarelli a otro cubata.

—¿Cómo te ha ido en estos meses? —preguntó ella como si hubieran pasado años desde la última vez que se vieron.

—Está la cosa *achuchá*. Esto es lo más gordo que tengo

93

desde lo de verano. No he podido decir que no a este marrón. Y te eché de menos, como la pera al pero.

—Haberte *comprao* un perrito —respondió irónica—. ¿Tú no tienes familia, Rafaé? Pareces salido de la nada.

—Mi familia es la humanidad, Paqui.

—Y mi coño —dijo incrédula ante los gestos de protesta de Bechiarelli, que enseñó las palmas de las manos.

—Con todas estas movidas políticas, me estoy acordando del caso del Nandi, el punki que se murió de sobredosis —confesó Bechiarelli.

—¿El hijo del abogado? —La Paqui lo miró sorprendida.

Bechiarelli detuvo el avance de aquel túnel que su memoria estaba excavando con el resquemor y la culpa, como si quisiera respetar su distanciamiento profesional.

—¿Y qué pasa? ¿Te da pena?

—Nada —mintió.

Acabaron a puerta cerrada en uno de los refugios nocturnos donde se apuraban las bebidas y se fumaba dentro del bar. Traspasaron la doble puerta con carteles de conciertos y fueron introduciéndose en el largo pasillo poblado de irredentos ateneístas del combinado. En los veladores, vasos de tubo vacíos. En el reservado, una ebria antología de coplas de carnaval. Bechiarelli se reencontró con aquella canalla nocturna y resabiada en las usanzas de la madrugada y sus venenos.

—*Ámono* —dijo la voz popular del camarero, que alargó la última «o» hasta el límite del aire.

Tras las ceremonias de los saludos y pedidos, Bechiarelli comenzó el proceso de manufacturación de un *macafly* escaneando al personal. Hasta que lo vio.

—Mira quién está ahí comiéndole la oreja a cualquiera sabe —señaló el detective a la Paqui.

—¿Quién?

—*Home*, el detective Bechiarelli —celebró Ernesto Flores, el patilludo escritor, acercándose—. Especialidad en cuernos.

La Paqui lo quiso estrangular como si lo de los cuernos la aludiera. Hizo mutis hasta las risotadas de un grupo en el que encontró a unas viejas amigas.

—El *recomendao* —matizó y recordó el detective.

—Te irás a quejar encima.

—No me quejo, solo adjetivo.

—Los adjetivos nunca ayudan. Matan. ¿Has aceptado la cosa?

—No.

—¿No? ¿Tú rechazando trabajo? Como *pa* creérselo. Esther me preguntó si conocía a alguien para la investigación y le hablé de ti maravillas. Es muy buena persona. Una luchadora. Necesita la verdad.

«Otro devoto», gruñó el detective.

—¿Qué le dijiste? ¿Que te ayudé en lo del libro ese del gabacho?

—Hombre, lo de Debord era tela de difícil. Pero sacaste oro puro. No sabes cuánto te lo agradezco.

«Madre mía, los intelectuales.» Recordó que había recibido el encargo de Ernesto Flores para investigar el paso del situacionista Guy Debord por el Cádiz de los años ochenta del siglo XX porque lo necesitaba en la trama de una novela que iba a ser premiada. «Y se tragó el trolazo que le conté. El trolazo del siglo. Intelectuales cabeza de chorlito, carajotes, carajotes, carajotes.»

Bechiarelli aceptó la invitación a una cerveza del escritor. Encendió el porro.

—¿Viste a Araceli el jueves de autos por los bares?

—Aceptaste. Lo sabía. —Flores sonrió—. Como para no verlo. Serían la tres y media, por ahí. Entró por esa puerta y me quedé *flipao*. Gabriel Araceli decía que no era soso, que él estaba sobriamente cerca de lo concreto. Un *robó*, te lo digo yo. No era habitual verlo por aquí. Pero venía cambiado, raro. Luego supe que estaba ciego y solo. Le vi cara de *amargao*. Para pasmo mío, se me acercó. Quería pillar coca. Le di largas.

—Os conocíais.

—Al principio de conocernos quería hacer de mí el John Reed de la Bahía, ¿*sabe* lo que te digo?

—¿Yonrí? —dijo frunciendo el ceño por su ignorancia sobre el autor de *Diez días que estremecieron el mundo*.

—Un nota —simplificó Flores—. Bueno, eso no lo decía él, pero explica bien su intención. Cuando nos conocimos empezó por dorarme la píldora: leía mis artículos, me invitaba a todos los actos oficiales y alternativos, a mesas redondas, algunos bolos pagados, a escribir para su revista, tallercitos para jóvenes, etcétera. No soy tonto, quería captarme. La cosa se torció cuando leyó mi novela sobre Debord. ¿Por qué te ríes? —Se interrumpió al ver la sonrisa de Bechiarelli—. *Totá*: se la leyó, me llamó y se quejó de que aquella historia no tenía como protagonista a un currante de Astilleros o un estibador, sino a un tipo que busca a un intelectual, que él creía que era un borracho y un bluf. Según él, «la novela no tenía como objetivo el despertar de la conciencia de los trabajadores mediante la lectura y la reflexión». Le respondí —Flores simuló hablar con Araceli—: «Los que me van a leer no son los currantes, hijo mío, son los pijos y los culturetas. ¿No lo sabes ya?». Este quería un rollo en plan pobres obreros mártires, pero contentos.

«Hoy has comido lengua tú, *pisha*», opinó en su foro interno el detective ante la locuacidad desbordada del escritor. Resolvió que el carraspeo y el tic de tocarse la nariz eran el motivo. Ernesto Flores leyó que Bechiarelli sabía en lo que andaba, le guiñó el ojo y le ofreció un puñetacito. El detective lo acompañó al cuarto de baño.

—Obrero guapo frente al jefe feo —completó Bechiarelli—. ¿No te llamó decadente?

Ernesto Flores dibujó una sonrisa triste mientras cumplía con los requisitos del rito en la estrechez del baño.

—¿También te purgó?

—Dejé de serle útil en cuanto le llevé la contraria. Entonces me di cuenta de que se había aprovechado de mí, me había usado para apuntarse tantos culturales. Y claro, yo no me había hecho militante de IZQ. De forma mágica se acabaron las mesas redondas, los actos, los artículos, los tallercitos. Y no solo de él, sino de toda su camarilla. Me hicieron el vacío. Dejamos de saludarnos. Y hasta hoy. Que estoy más tieso que qué. Ni un solo taller de literatura, ni *na* de *na*. Sin comerme *na*.

—¿Otro príncipe desencantado?

—No, ahora es diferente. Lo que le ha pasado me da mucha pena. *Pa* ti y *pa* mí: Gabriel Araceli era peligroso, lo único que hacía bien era dividir.

Flores se inclinó sobre aquellas tres líneas blancas que eran como un haiku dedicado a la caída de la nieve en un tejado. Esnifó. Se incorporó como un resorte y le pasó el billete el testigo en la carrera por relevos del exceso.

—¿Te dijo adónde iba? —preguntó el detective tras la esnifada.

—Estoy seguro de que con lo que llevaba encima —carraspeó— acabó en La Tierra Prometida.

—¿El *after*? ¿Sigue abierto?

—Digo. ¿Sabes lo que me dijo antes de irse? Ahora lo pienso y me entra una cosa por el cuerpo: «El arte no es un espejo para reflejar el mundo, sino un martillo con el que golpearlo». Brutal, ¿eh?

—¿Cuál es tu versión?

Flores se envaró como si tuviera que elegir la mejor novela sobre la realidad de la Baja Andalucía.

—No sé qué pensar. Es complicado.

—¿Hay inquina para que sea algo interno? ¿Elizondo?

—Claudio no es un disidente. Es un cara. Su desencanto no es el del héroe que dio la cara en los momentos más duros, la suya es la historia de sus bandazos y mamoneos.

Regresaron del baño bajo la mirada curiosa de la Paqui.

—*Ámono* —repitió la voz popular invitando a los parroquianos a que desalojaran el bar.

Ernesto Flores se despidió de Bechiarelli.

—Tenemos que quedar para que me cuentes lo del descuartizador, eso es una novela de pelo.

—Pídeme presupuesto. Pero en Madrid no te van a entender.

Ernesto encajó el golpe y se despidió con un abrazo fraterno.

—¿Quién es ese pardillo? —preguntó la Paqui al oído.

—Un antiguo cliente —zanjó carraspeando la nariz.

—¿Te ha *invitao*? —preguntó la Paqui al escuchar la gestión de la gota agria—. Rafaé, me podrías haber *metío*.

Bechiarelli se planteó una visita a La Tierra Prometida cuando observó el vaso de sidra en el que hubo un cubata bajo la lenta evacuación del bar.

—¿La penúltima?

—Mañana es viernes y tengo un currito.

—Ya —dijo con tristeza.

14

Pogromo

Se despidieron como dos novios en la plaza de las Tortugas. La Paqui se montó en un taxi con el sabor acre de los regresos a una realidad paralela. Bechiarelli, inquieto por el reencuentro, desistió en su descenso a los infiernos nocturnos. No llegaría a La Tierra Prometida.

Buscó la ruta del solar donde encontraron a Gabriel Araceli. Como si esperara encontrarse con un Raskólnikov que paseara el perro, carcomido por su culpa. Una vez allí, contempló el hueco como si en él cupieran todas las incógnitas del caso. Entró en aquella mella anómala en la prieta manzana de casas y fincas del XIX que componían un rectángulo unido, una sonrisa avejentada de tiempos mejores. Volvió a escanear el suelo, entre la basura.

—¿Y la espiocha? ¿Dónde carajo está?

Intentó imaginar la escena: Araceli borracho y drogado deambula por las calles solitarias. Aparecen dos tipos con mala pinta. Lo paran. Lo llevan solar adentro. Le quitan la cartera y el móvil. Lo golpean en la cabeza.

La mella arquitectónica le pareció una metáfora de la situación política de Araceli en Poder Popular. Parecía imprescindible para evitar el derrumbe, pero allí estaba el hueco. ¿Se recordaría la figura de Araceli en una placa? ¿De quién sería el solar? ¿Era municipal? ¿Qué construirían en él? ¿Quién había vivido allí? ¿Por qué se conservaban las arqueologías de los tiempos de esplendor y se derrumbaban las de quienes perdieron en ese esplendor y fueron quienes lo construyeron? Le daba para pasodoble poético de comparsa.

Regresó a la oficina enfrentado al estado de achispamiento y soledad tras las evidencias maritales de la Paqui. Le precedía el eco de sus pasos por el adoquinado. Ni un alma. Una moto le pasó a medio puño. Le extrañó la moderada velocidad del tipo que iba conduciendo. Bechiarelli giró en una esquina. Cruzó una plaza. Sacó las llaves de la oficina y se le cayeron. Cuando se agachó a recogerlas vio que un hombre caminaba a unos metros. Le pareció distinguir un chaquetón negro. Se paró de pronto para consultar el móvil. Chungo, no: lo siguiente. Bechiarelli recogió las llaves. Salió corriendo.

Se metió por un callejón. Giró en dos esquinas. Apurando en el cañón. Corrió por una calle. A lo lejos oía los pasos acelerados del perseguidor. «Sus *muerto*. Viene ahí.» Mientras corría, sondeaba las casapuertas. Ni una sola abierta. Se encontró al final de la calle al angango con la moto. El que le había adelantado hacía unos minutos. «Hijoputa.» Lo esperaba con un objeto en la mano. ¿Una espiocha? Giró en una inesperada esquina y se metió en una casapuerta abierta. Lo detuvo la cancela cerrada. Salió. Entró en otra casapuerta. La cancela estaba rota. Cruzó un patio de macetones en penumbra. Subió por la escalera. Se comió los escalones. Hasta la azotea. Salió a la noche. Se acercó al pretil. Saltó a la finca contigua. Repitió la huida sorteando ropa tendida, pretiles y lavaderos. Se asomó a la calle. Volvió a saltar. Hasta que se le acabaron las azoteas contiguas. Oteó en busca del de la moto y el tipo del chaquetón. Estaba sudando. Y temblando. «Me cago vivo, *pisha*.»

—Yo me voy a cagar en los muertos de esta gente.

Esperó una hora en la azotea como el que aguarda a ver la tierra firme del sosiego en el palo mayor de un barco. Se tranquilizó oteando el horizonte lleno de destellos metropolitanos, las luces del puerto, la copa de los árboles, la sucesión de tejados, torres, azoteas y *lavaeros*. Inspeccionó la ropa tendida. «Perdóname, *pisha*, pero es una emergencia de un agente del pueblo», se disculpó al coger de la cuerda una chaqueta vaquera. Se la puso encima de la suya. Bajó a la calle. Y salió como si viviera en la finca. Como un currante que sale a esa hora para el dique. Se metió las manos en los bolsillos húmedos de la chaqueta. Caminó rápido. Sin mirar hacia atrás, con la cabeza metida en los cuellos. Dio un rodeo para llegar hasta su oficina.

Cuando llegó a la esquina de Bendición de Dios se quedó allí, esperando a que algo se moviera. En la puerta de chapa había alguien. «Me-*cagon*-mi-puta-madre.» El corazón se le agitó en el pecho. La noche iba de sobresaltos. «Sea quien sea, a por él.» Bechiarelli salió corriendo hacia la sombra que se apoyaba en la puerta de chapa. Ya a punto de soltar la maza del puño, vio el rostro asustado de Bocalandro, que hizo el ademán de protegerse con los brazos. Bechiarelli no pudo impedir que la inercia de su cuerpo chocara con el de su carabina. Completó el movimiento recriminador con un empujón y unas ganas contenidas de darle la del pulpo.

—Madre mía, me-*cagon*-tus-castas —dijo con la respiración encendida—. Qué susto me has dado, carajo.

—Susto tú a mí —se encaró Bocalandro—. ¿Quién te creías que era?

—Me han seguido viniendo para acá. Eran dos. Uno andando y otro en una moto —bufó, y observó los alrededores como si los perseguidores pudieran oírlo—. ¿Dónde coño estabas cuando se te necesita, *pisha*?

—¿Quiénes eran?

Bechiarelli se quedó pensando. Había dado por sentado que era gente de Antonio Pruna.

—Si te digo la verdad, no lo sé.

—Podrían ser maderos. O del CNI.

—O los nazis de los despachos.

Bocalandro observó la doble chaqueta de Bechiarelli.

—¿Tú qué?

—De imaginaria —dijo con voz de sueño—. Hoy teníamos una asamblea. Te he estado buscando. Pero llegué tarde.

Bocalandro señaló la pintada que anunciaba un chivato en letras de imprenta junto a la puerta de chapa de la oficina. El detective la observó como si fuera una citación de Hacienda.

—Me-*cagon*-cuantos-muertos-*tiene*.

Abrió el portón de chapa con ganas de estar aplastado por la manta, en su pequeño refugio atómico contra persecuciones de desconocidos y pogromos. Bocalandro comenzó la retirada como si su guardia hubiera acabado. Bechiarelli le chistó.

—¿Qué piba tiene el pelo corto dentro de Poder Popular?

—Lola. Lola Bonat.

—Vete a sobar —ordenó el detective agarrándose a la teoría de la infidelidad.

15

La guerra fría

—¿*P*or qué le interesa el asesinato de Gabriel?

Bechiarelli se gustó en la pausa dramática que precedió a la respuesta. Observó el punto de intersección de la hoz y el martillo de uno de los carteles de la sede de Comunistas de Cádiz.

—Me documento para un escritor.

Lola Bonat era una treintañera dúctil de una belleza amalgamada entre la italiana y la árabe, macerada en la militancia, los kilómetros, los actos, las reuniones, las comisiones, las ruedas de prensa, que se había sentado en una mesa llena de resoluciones y papeleo.

—¿El de la novela del carnaval?

La sede de los comunistas era una finquita reformada envuelta en piedra ostionera marrón con dos cierros a la calle, dos azulejos que flanqueaban la casapuerta, y contenía una secretaria general dentro. La sede se asemejaba a una delegación de la Junta congelada en el tiempo. El mobiliario llevaba allí, bajo los fluorescentes, desde los Pactos de la Moncloa y de aquel «Dictadura, ni la del proletariado».

—No, es uno de Madrid que lleva muchos años por aquí. Está loco por escribir sobre el Ayuntamiento del cambio, pero está muy ocupado. Necesita explorador.

—¿Piensa escribir otra vez *Asesinato en el Comité Central*?

—Yo solo le paso informes sobre el difunto Gabriel Araceli. Solo espero que no tire de tópicos ni me saque a mí.

Lola Bonat sonrió y Bechiarelli se preguntó qué pensaría Manolo Vázquez Montalbán del Ayuntamiento del cambio. La secretaria de los comunistas cruzó las piernas bajo la mirada del detective.

—¿Le gusta lo que ve? —ironizó—. ¿O es que esperaba a un burócrata soviético con bigotito, ojeras, gafas cuadradas y sobrepeso producto de estar liberado?

Bechiarelli enmudeció, abandonó el juego anatómico y la cosificación de la compañera como objeto de admiración buscando en el suelo de la sede el rastro de la larga marcha al socialismo.

—Estás mintiendo —denunció Lola Bonat con seriedad.

—A mí que me registren. —Le aguantó la mirada unos segundos.

—Trabajas para nosotras. Sé que eres el nieto de Angelita la Papona.

La Stasi de la Bonat conocía la patente de corso de su abuela la Papona.

—Correcto —respondió el detective con la formalidad del que confirma una contraseña—. Eso sí que es un santo y seña de los buenos.

—Me han avisado de tu contratación. A los viejos les suena tu cara de los viejos tiempos. Parabas con un tal Nandi, un pies negros *pesao*. También me han dicho que en realidad estás investigándonos.

—¿Quién? —El detective arrugó el rostro—. Voy a necesitar un glosario.

—Se dice *dramatis personae* —corrigió.

Bechiarelli sonrió de medio lado ante la información privilegiada que manejaba de Lola Bonat.

—Mi trabajo se ciñe a investigar la figura y actividades de Gabriel Araceli hasta su muerte. Por si te quedas más tranquila. Rebatir con pruebas la versión acerca de unos ladrones y aportar datos para demostrar la conspiración y la guerra sucia. Presentaré las conclusiones de mi informe en sesión plenaria del comité central y cobraré mi cheque. —Sonó con la seriedad impostada de un personaje sin escrúpulos de novela barata.

—También sé que te han puesto un custodio. Bocalandro.

—¿Mi pinche? Lo he distraído.

Las usanzas en el despiste de Bocalandro le producían el dulce sabor de la praxis de la coba como una de las bellas artes.

—¿Es de fiar? ¿De qué facción es?

—Es de Esther a muerte. Es su cachorro.

—¿Por qué os visteis la noche…?

—¿Sabes que tuvimos una relación? —El sablazo de Lola Bonat detuvo la pregunta.

—Sé que os visteis de madrugada el jueves de autos en un bareto —respondió con la seriedad de un Sam Spade que ceceara, aspirara las haches y se comiera las eses—. Discutiendo.

—Muy bien —celebró ella como si Bechiarelli hubiera presentado un informe de horas de trabajo voluntario.

—Teníais un lío.

La risa de Lola Bonat resonó en la oficina como un guitarrazo que culminara la bulería del «no tienes ni idea».

—No —respondió como una jueza de pista del Open Bechiarelli.

—Lo dejaste y se tiró a la bebida para consolarse. O se pasó y a tu novio se le fue la mano.

Bechiarelli esperó la segunda y tercera negación que redondearían la defensa de Lola como aquella de la noche previa de la muerte del justo en el Gólgota.

—¿No has hablado con Esther de su relación con él?

—Está camino de Madrid, muy ocupada con la guerra sucia y los infiltrados —aclaró descreído—. Estoy esperando audiencia para esos temas.

—Fernando Pérez no era un problema. Era un engorro,

pero inofensivo. Estábamos al día de su rollo infiltrado. Son las ventajas de estar bien organizados —dijo acentuando el brillo de un orgullo estructural y organizativo que tenía como base «Tú tienes dos ojos pero el partido tiene mil».

El raquetazo de Bechiarelli no iba a caer en disquisiciones sobre la contrainteligencia del Partido.

—Ella lo dejó por ser infiel y al tiempo se vengó obligándolo a dimitir.

—Él se lo había buscado de forma concienzuda por juntarse con gente turbia. Lo obligamos a hacerse un Bujarin.

—No entiendo la jerga que manejáis.

—Déjalo. Es un chiste privado.

—Las fieles de Araceli aseguran que Esther lo había traicionado. Y que ella es la mano ejecutora.

—Gabi tenía para todo el mundo: fue uno de los más férreos defensores de que IZQ se presentara a las elecciones, solos, con su rebaño. Fue Esther la que lo convenció de que había que unirse. Él no se veía con los «estalinistas» del Partido, con los «ilusos» de la participación, con los *pringaos* del carril bici. Y ya en el gobierno, Araceli quería expulsar a todo el mundo que no le bailara el agua. Si no fuera por ella, la coalición haría tiempo que se habría desintegrado. Es la que garantiza que sigamos juntos. Y lo sabe. Cádiz está por encima de las guerritas de IZQ. Esther se separó de él y sacudió todas las líneas rojas. Hay gente que decía que cuando discutían en público en realidad lo hacían por su separación. Yo escuché que le llamaba «la hereje». Él la criticó por sus concesiones a Julio Gómez, el socialista, en un artículo que le publicó un diario digital. Gabriel saboteó las reuniones con Gómez porque lo acusaba de ser responsable de la crisis y los recortes. Y Gómez, por lo bajini, de que él era un oportunista por fichar a Pecci. Ella es una mujer tela de fuerte.

—¿Por qué te llamó esa noche? ¿Qué quería?

—¿Qué sabe de mí? —dijo levantando la barbilla y fintando la pregunta—. ¿Las trolas o las medias verdades?

—Sé que quisiste a Gabriel.

Lola Bonat observó las baldosas del suelo hidráulico gastadas por el paso trunco de la vanguardia del movimiento obrero de la Bahía. Apretó los labios como si fuera a dar lectura a la declaración de que el Granma no llegó a tierra.

—Vivimos juntos cuatro años. No sobrevivimos cuando se despidió del Partido —señaló con la cabeza el cartel que tenía detrás— y él formó su grupito al calor del 15M. Empezó diciendo que quería que nos diéramos un descanso, que estaba trabajando mucho en IZQ, que tenía mucho que organizar. Eran cuatro gatos. Hizo borrón y listas negras.

—Te engañó —propuso el detective.

—Me mintió. Jugó a dos bandas. —El tono de Lola había adquirido la seriedad de la narración y la verdad—. Se estaba viendo con Esther. Ella había aparecido en las asambleas en las que se fraguó Poder Popular. Venía con mucha fuerza, pero virgen, con todo por aprender. La captó para IZQ y se enamoró. Era un triste y ella le dio vida. Lo peor de todo es que, cuando ya era oficial su relación, me quedé embarazada después de un encuentro que tuvimos. Y ahí es cuando tuvimos el verdadero problema.

—No quisiste tenerlo.

—Él se negó. Y yo no sabía qué hacer. —Lola se mordió los mofletes por dentro—. Ahora me arrepiento.

—Mira, no quiero hurgar en heridas íntimas. —Bechiarelli levantó las manos en la frontera de las informaciones incómodas—. Solo me interesa aquella noche.

—Las heridas están cauterizadas. Lo personal es lo político, decía mi abuela.

—¿Tu abuela?

—Una de las que tuve. El problema es que, al cabo de un tiempo, ya con Poder Popular unido, llevó el temita a la asamblea general para vetar mi candidatura al Consejo Ciudadano. Me hizo un juicio político.

—¿Cómo? —dijo Bechiarelli como si escuchara una ponencia sobre las costumbres de una tribu de los mares del Sur.

—Es un escarnio público entre militantes en el que tu vida emocional se pone en la palestra y varias personas que no pintan *na* te dicen que eres una *chalá* irresponsable por mezclar tus movidas y cabreos con el día a día de la militancia, interrumpiendo las condiciones objetivas y los planes quinquenales. —La ironía le sacó una sonrisa triste a Lola—. Que tus neuras están ralentizando los procesos de reorganización de las fuerzas ciudadanas. Según el camarada Gabriel Araceli, mis maniobras celosas estaban interfiriendo en su actividad política, en la agenda de Poder Popular. Por eso no podía formar parte de un órgano tan importante como el Consejo. Había cometido el error estratégico de sentir celos por Esther, de tenerle rencor… Manda cojones. *Totá*: necesitaba reeducarme por decirle a todo el mundo que él manejaba a Esther como su maestro, la cabeza pensante. Y luego me llamaba a las tres de la mañana desesperado, cuando se peleaba con ella, cuando no le hacía caso y discutían.

—Luego la dejó por una más joven —dijo con guasa.

—Al tiempo, a Esther le pasó lo mismo que a mí. La repetición de una tragedia en forma de farsa, según la frase famosa. En cuanto Esther empezó a tomar decisiones propias y apareció Mira por una asamblea de estudiantes, Gabriel puso sus ojos en ella. Le va eso del amor pedagógico. Él la educó en el sectarismo.

—Se lo contaste a Mira. Discutieron esa noche y te llamó para echarte la bronca.

—Ella tenía que saberlo.

—¿Eran habituales las llamaditas?

—Lo eran. Pero esta vez fue diferente.

A Lola se le quebró el gesto y lo contrajo hasta el dolor y la pena. Bajó la mirada y se miró los pies reificados como guías en la larga marcha hacia el socialismo.

—Quería que lo ayudara a acabar con Esther. Le dije que no. Y que se acabó. Esa iba a ser la última vez. Se quedó *callao* y va y me dice: «Tú también estás con ella».

—¿Por eso se emborrachó? ¿Porque lo dejaste?

—Elizondo me ha confirmado que esa noche quiso asistir a la cena donde se fraguó una moción de censura. Quería colaborar con la oposición para echar a Esther. Era un traidor. Tenía que darse fuerza para empezar la guerra contra Esther. Me juró que haría todo lo posible por acabar con ella. Gabriel, cuando no manejaba el cotarro, lo destruía todo.

Lola Bonat se quedó en silencio. El llanto redentor le sobrevino como si fueran las respuestas que necesitaba.

—¿Quién mató al traidor, Lola?

109

16

El camarada

*H*abía vuelto a despistar a Bocalandro con una estrategia bastante sencilla. Salió a las cuatro de la mañana de la oficina, enchaquetado, y fue a buscar a Juanelo, que pescaba en la Alameda frente al enorme ficus. «Al final no es tan difícil extraviarlo», determinó dándose ánimo ante aquella garra que le aprisionaba el estómago cada vez que escuchaba algo detrás de él en su caminata por las calles desiertas. O es que la carabina estaba flojeando en sus labores políticas. Hizo más ejercicios de cuello —adelante, atrás, izquierda, derecha— a cada ruido a sus espaldas que en toda su vida como colegial.

—Carajo, con la paranoia.

Fue entonces cuando se dio cuenta de que detrás de aquel cague, del acojone, había otro miedo, ese que recordaba escondido en frases de advertencia que había escuchado: «Tú no te metas en *na*, Rafaé». Un terror que se había convertido en latente.

—*Pa* qué carajo me habré *liao* yo en esta movida.

El traje de chaqueta descolocó a Juanelo, que se rio como si viniera de un cotillón. El de Loreto, melenita gitana y los dedos aprisionados en dos sellos de oro, vestía chándal bajo el que se revelaba una barriguita como una duna en formación.

—Feliz año, Rafaé —saludó con sorna—. ¿Vienes del cotillón?

—Juanelo, *pisha* mía. Que no hay quien te vea, carajo.

—Cómo se nota que trabajas para el Ayuntamiento: ropa nueva.

Bechiarelli frenó su avance y bufó como si el árbitro le hubiera pitado fuera de juego en la conversación.

—¿Ya te has *enterao*? ¡Carajo con la privacidad y el secreto! Su puta madre.

Juanelo abrió las manos como si fuera algo sabido en una ciudad pequeña y cotilla.

—Tú no aprendes.

—Soy carajote, lo sé —filosofó el detective abriendo la lata de cerveza que le había dado Juanelo con cara de no entender nada—. ¿Has *cogío* algo? —dijo asomándose a la garrafa cortada en la que debería estar el rancho de la noche.

—Frío y un *moraso*. ¿Te *parese* poco?

—Qué ruinazo, *pisha*.

Bechiarelli se quedó en silencio mientras preparaba su mensaje de advertencia. Paseó con apuro la mirada por la costa de la Bahía como si fuera el atalayero que esperaba a la gran ballena o un vigía que temiera un abordaje. Luego se centró en la base de Rota y en el ponientito que soplaba.

—*Harte* un *macafly*, ¿no? —propuso sin encontrar el hilo.

—¿Qué? ¿Ya se te ha *acabao* la mandanga que te di?

—A puntito.

Juanelo buscó en el bolsillo del chándal y le pasó un *macafly* ya manufacturado con la dosis exacta para la hora y el momento.

—Tengo que decirte algo, Juan —se lanzó.

—Ajú. —Juanelo estiró la vocal hasta la desconfianza absoluta—. Chungo.

Bechiarelli tragó saliva.

—Me han *amenazao*. Y la cosa es seria. La otra noche fueron a por mí. Me salvé por los pelos. Y saben quién eres tú. Ten *cuidao*. Por *favó*.

Juanelo enarcó las cejas y miró al vacío como si estuviera desenmarañando el aparejo. Luego sacó un paquete de Winston del águila y se posó un cigarro en los labios. Lo encendió. Bechiarelli se quedó con el porro como si necesitara aquel bastón de humo.

—¿Y? —dijo expeliendo la fumada—. Eres tan maricona que te has *acojonao*, ¿no?

Bechiarelli lo miró a los ojos.

—Me quieren echar de mi casa.

—¿A quién le estás tocando los huevos, Rafaé?

—A medio Cadi. ¿Te acuerdas del guiri desaparecido, el del *chapú* del año *pasao*?

—¿No me voy a *acordá*? Vaya viajecito. Podía salirte un caso en el Moro y nos traemos material *pa* vender.

—Uno de los señoritos me juró que me iba a echar de la oficina. Me queda poco para que venga a por mí. Una semana me ha *dao*. Como sigan así, me parece que no tengo otra —confesó con agobio cósmico—. ¿Qué hago? Saben quién es la Paqui. Y tú. Tú no tendrás un sofalito o un cuelo *pa mí*, ¿no?

Juanelo bufó y negó con la cabeza.

—¿Yo? Qué va.

Juanelo puso la *carná*, preparó el lance y azotó el aire con la caña. Observó el vuelo del aparejo hasta que se hundió en el Atlántico.

—Ahora a lo que vamos, Juan: vente conmigo a un *after*. A La Tierra Prometida. Que tú sabes de esos sitios.

Juanelo lo midió con la mirada como un sastre desconfiado.

—¿Ahora? ¿Quieres ponerte ciego por el agobio?

—Es la hora de los *gorfos*. Necesito guía o Virgilio de los bajos fondos que se precie.

—¿Virgilio? ¿*Sequiené*, carajo?

—Un guía turístico.

—¿Así voy a ir? —Juanelo señaló el chándal que llevaba puesto.

Bechiarelli señaló al de Loreto con el dedo índice, mientras con el anular y pulgar sostenía la antorcha cabezona del porro.

—En esos sitios la vestimenta da *iguá*, tú lo *sabe*.

—Que vaya y te ayude el pinche que te han puesto —le reprochó con falsa indignación.

—¿También te has *enterao* de lo del pinche? Carajo. —Se rio Bechiarelli—. No te pongas celoso, Juan. Es un paquete. Me espía.

—No sé si puedo. —Giró la manivela del carrete para recoger mirando la punta de la caña.

—¡Si no has *cogío na*!

—Me tengo que levantar temprano. Estoy hasta arriba. *Ocupao.*

—¿Tú *ocupao*? ¿En qué carajo estás tú *ocupao*?

—En mis labores. —Recogió tanza y fintó la pregunta con un tono burlón para luego recuperar una seriedad inesperada en el de Loreto—. El barrio se está moviendo un montón y estoy ahí echando el cable con la Asociación de Vecinos.

—Juanelo, ¿qué me estás contando? —protestó Bechiarelli como si hubiera escuchado que se iba a meter a militar o a picoleto.

—*Pisha*, mi barrio, mi gente, ¿qué? Hay que dar el callo.

Bechiarelli tuvo ganas de abrazarlo y de asestarle dos besos soviéticos de camaradas que se encuentran. Aquella era la razón de su desaparición. Juanelo se quedó mirando la punta de la caña esperando a que se moviera.

17

La Tierra Prometida

*L*a puerta de La Tierra Prometida estaba llena de pegatinas y *tags*. Se enmarcaba en un pórtico de madera descascarillada de un antiguo bar de tapas. La custodiaba, abría y cerraba un cancerbero con mala pinta, inflado de ciclos y batidos de proteínas, vestido de negro y con calcetines blancos.

—Quitarse de la puerta. Que dais el cantazo.

La orden fue para dos que esperaban el paso franco del VoPo nocturno en las inmediaciones del *after*. Los dos noctámbulos no paraban de hablar en el tono de las confidencias alcohólicas. Se habían distribuido los roles del comeoreja y el *embajonao*. De pronto apareció por la esquina una tropa de basureros con carros que parecía un *blitzkrieg* de la limpieza secreta de la ciudad. La multitud barrendera detuvo la conversación y pasó con su retumbo de charlas, risotadas y esa alegría imprecisa del fin de la jornada laboral. Entre ellos venían Bechiarelli y Juanelo, que se despidieron con roneos y puyas de los basureros.

—Bechiarelli, cabrón.

—¡Chivato!

—Nos vemos, técnicos en mantenimiento sanitario de caminos públicos —se despidió Bechiarelli con sarcasmo.

—Juanelo, te llamo *pa* eso —recordó uno guiñándole a modo de clave secreta.

—Que sí, carajo —concretó Juanelo.

Quince minutos después de las seis, el portero abrió y dejó pasar a los cuatro candidatos.

La Tierra Prometida era un bar de tapas reconvertido en *after* por la vía de la necesidad, el boca a boca y el secreto lacrado de un puñado de noctámbulos. Había mantenido la barra de chapa, el botellero de estanterías acristaladas, los taburetes repintados y unos baños historiados por la mugre y la peste a orines. Bajo la luz trémula se intuía la decoración chusquera con pretensiones. El empapelado con motivos de frutas de Arcimboldo, que tapaba un alicatado pringoso, le otorgaba un aire de barroco cutre. Tenía los techos ahumados por los nevaditos y las conversaciones sin sentido de la gente que no tenía ganas de acostarse hasta el lunes por la mañana y el personal hostelero tras el turno de noche.

Servía la barra un pureta de pelo pringoso, ojeras de panda, patillas de rociero y rostro cerúleo de vampiro de fin de semana. Junto a él, desbordando con su mismidad una silla blanca de terraza, fumaba sin parar una mujer en edad de jubilarse con pinta de madama de puticlub proletario. Bechiarelli se fijó en las uñas pintadas de púrpura y en su expresión desconfiada y astuta con las cosas de la noche. Charlaba con mucha química con un artista venido a menos que se estaba metiendo por la nariz lo poco que tenía y debía, un flamenquito en vías de extinción por la ruta del exceso y una prostituta anciana. Juanelo se relajó en cuanto vio a otro parroquiano con chándal.

—Qué ambientito, ¿eh, Rafaé? —Se dirigió al camarero—: Ponte dos, Ramón.

—Tú ya has *estao* aquí, maricona, no me engañes.

—¿Yo? —Juanelo intentó contener la sonrisa—, qué va, *pisha*.

Como si hubiera sentido su presencia, la madama le dedicó una mirada inquisitorial al detective, pero dio la venia al comprobar que venía con Juanelo.

—¿Te suena este tío? Estuvo aquí hace poco —le preguntó al camarero con la foto de Araceli en el móvil.

—Es al que le dieron el porrazo en el solar de aquí cerca, Ramón —concretó Juanelo.

—Ni puta idea. Yo no sé nada.

Bechiarelli reculó y bebió de la cerveza. Quizá fuera que estaba fresco, pero el bar le pareció una suerte de boquete para desesperados. Era un purgatorio de gente que no tenía adónde ir a pasar el subidón, para tomar la penúltima en una conjura de iguales en excesos. Se imaginó allí, en las profundidades de la noche, calmando la pena de una vida truncada por la pérdida de su oficina. Le dio un repeluco.

Se imaginó a Araceli en aquel decorado. Borracho. Metiéndose rayas como una aspiradora. Con el corazón roto o lleno de ira y despecho. Tirando por tierra su moral antialcohólica de cartelón soviético con eslóganes sobre el seso aturdido y la vida rota por la botella. Pero su rastro en el libro negro de los antros era apenas nada, polvo.

Un jovencito emprendedor conocido como Lolo el Todopoderoso se les acercó.

—Qué pasa, Juanelo.

—Aquí, tomando una copita, Todopoderoso.

—Tengo mandanga —ofreció a Bechiarelli como si Juanelo estuviera exento.

—Voy *servío* —rehusó Bechiarelli—. ¿Le vendiste al tipo al que le dieron el porrazo el otro día? Al nota que encontraron en un solar de aquí cerca con la cabeza rota. Iba puestísimo.

Mientras el Todopoderoso hizo un mutis desconfiado y cagón, el detective entrevió la triste figura de Ramiro el de la Tata. El guitarrista flamenco había recalado en el *after* después del largo éxodo que emprendió desde una actuación chusquera y de pasar por todas y cada una de sus estaciones de penitencia. Vestía la ropa que gastaba para los escenarios de medio pelo y los contratitos con los que malvivía. Sus ojos flotaban en la paz del fármaco de la noche. Ramiro apoyó la guitarra enfundada y se acodó en la barra.

El portero dejó pasar a tres noctámbulos que Bechiarelli relacionó con el vocablo «angango», dícese del joven sin estudios ni cultura perteneciente al lumpen. Poseían esa fluidez de la rutina ebria, sin don ni atributos. Parecían peligrosos pero en estado de reposo.

—Moi, *pisha*, hoy está esto perita —comentó uno.

—*Aro* que *jí*, Isaía.

—Abraán, pídeme un cubatita que voy a *meá*.

Ramiro saludó al Abraham y al Isaías como se saludan los cabales. Todo fueron palmetazos en la espalda, jaleos y celebraciones de la presencia física del otro, abrazos de artista después de actuar, cachondeíto y carga.

—Ole los que tocan la sonanta *parabiá* —saludó el Moi regresando del baño.

Los recién llegados acamparon en la barra. El Todopoderoso se les acercó, saludó, realizó la transacción con discreción y fueron por turnos al cuarto de baño. La liberalidad en las esnifadas no desentonó con la suave música de las inspiraciones y carrasperas de la gota agria. Bechiarelli se acercó al guitarrista, que como una limadura no se había podido separar del imán.

—Ramiro, *pisha* —lo saludó Bechiarelli—. ¿Quieres algo?

—*Home*, el chivato. ¿Qué pasa?

—Ponle una cerveza a este muchacho —le indicó al camarero.

—¿*Tiene* un cigarrito? —pidió después de cachearse los bolsillos de pantalón, chaqueta y camisa.

Juanelo le ofreció el paquete de Winston de contrabando. Ramiro sacó el pitillo y lo encendió escondiéndolo con las manos, en las que se dibujaba una estrella y una luna camaronera, la marca de un anillo de oro y las uñas de porcelana solo en la derecha.

—Este es mi colega Juanelo —presentó el detective.

Ramiro le guiñó el ojo al de Loreto. Se bebió la cerveza de un buche.

—¿Tú paras por aquí, Ramiro?

—De *ve* en cuando —mintió sonriendo con malicia—. ¿Ya estamos con los chanchullos tuyos?

Bechiarelli le pidió otra cerveza con la idea de que le hiciera de enlace y les pasara el cuestionario a los tres profetas nocturnos. Le puso la mano en el hombro.

—Ramiro, *pisha*, dame cuelo con estos tres.

—Están a su rollo —alegó.

—¿Qué te hace falta?

—Veinte pavitos. *Pa* pañales.

La palabra «pañales» en aquel *locus enuntiationis* pudría la fe en la humanidad del detective.

—Ramiro, no me sueltes eso que sabes que no es *verdá*, carajo. Dime que te quieres poner fino y todo queda mejor.

Ramiro dibujó el gesto de «es lo que hay».

—Venga, veinte pavitos.

Antes de que hubiera terminado de pronunciar el diminutivo, Ramiro ya había accedido a la conversación con los tres.

—¿Qué pretendes, Rafaé? —le criticó Juanelo—, deja a la gente en *pa*. Después te echan de tu casa, ¡*normá*!

Ramiro le dio la entrada con un golpe de melena gitana. Bechiarelli se dirigió al que consideró el más espabilado de los tres, el Moisés.

—No soy madero, *sosio*, eso te lo juro por mi *mare*, que te lo diga el Ramiro.

—Es buena gente —avaló el guitarrista.

—¿Qué pasa? —planteó el Moi desconfiado.

—El otro día este nota estuvo aquí.

Bechiarelli le enseñó en el móvil la foto de Gabriel Araceli. El Moisés lo reconoció y evitó el rostro del político como si quisiera apartarlo de su memoria. Recordó aquella masa sanguinolenta que le salía de la cabeza. El detective supo leer en el gesto la huella del encuentro con Gabriel.

—Ni idea, hermano. —El Moi evitó la mirada de Bechiarelli centrándose en la puerta de La Tierra Prometida—. Pero como sigas preguntando a la gente, te van a echar de aquí, ¿jabe? Te lo digo de corazón.

—¿Os invitó a farlopa? —preguntó Bechiarelli como escena posible de los tres con el político.

Abraham tragó saliva. Isaías buscaba en el suelo del *after* alguna palabra que le sirviera. Moisés se plantó como si el encuentro con el muerto le reconcomiera. Se llevó a Bechiarelli aparte.

—Mira, madero, nosotros pasábamos por allí. De camino a aquí. Yo me meaba y entré en el solarcito ese. Y lo vimos. Tenía un golpetazo en la cabeza. Vi la cartera, estaba tirada. Tenía doscientos pavos. Y no me lo pensé.

—Para un medio gramito, ¿no? —dijo suspicaz Bechiarelli.

—¿Sabes por qué la cogí? Porque los tres estamos tiesos. La pillé porque, si te digo la verdad, me hace falta. Lo repartimos y yo le di mi parte a mi *mare*.

—¿Y el móvil?

—Lo tiramos todo por el Campo del Su.

—¿No visteis un martillo o una espiocha?

—¿Una espiocha? Nanay —negó el Moi.

—¿Os cruzasteis con alguien después de encontrarlo?

—Qué va. Nos cortó *tol* rollo y nos fuimos *palkeli*.

Aceptó las respuestas con la garantía de la veracidad en la voz y gestos del Moisés. Se despidió de los tres angangos invitándolos a cubatas gracias a la subvención de Poder Popular, repetición irónica de la primera vez que usaron ese dinero para sus necesidades materiales. Juanelo bostezó harto de las rutinas de la noche.

Salieron de La Tierra Prometida con la venia del portero y el alivio de un Juanelo adormilado.

—*Pisha*, Juan, estás *empanao*.

—*Baldao*, estoy loco por acostarme.

Juanelo asumía el cansancio de la participación y Bechia-relli se debatía entre la venganza interna y la conspiración de los purgados. Sabía que el cadáver político que ya era Gabriel Araceli buscó la larga noche del exceso para morir asesinado. Pero no en un robo. Se planteó la clásica pregunta que tantas veces se formuló un ruso y que era moneda común en las guías turísticas de la ciudad: ¿qué carajo hacer?

Buscaron el rastro desde el *after* hasta el solar donde apa-reció con la cabeza partida. Bechiarelli caminaba observando casapuertas de las que podía haber emergido el golpe maestro, el agente especial que se había encargado del trabajito. Contó esquinas tras las que esperaba la muerte. Un trabajador salió de su casa y se cruzó con el detective y el de Loreto. Acabaron en el solar de nuevo. Sin respuestas.

—¿Dónde vivía el pavo este? —preguntó Juanelo suspicaz.

—Por la calle Sagasta, a la altura del supermercado.

—¿No te parece raro que *pa* ir *payá* —señaló la dirección de la calle Sagasta con el brazo— cogiera por aquí? Si venía del antro ese, debería haber cogido por otro sitio.

—Iba ciego, Juan, se liaría. Además, no es de Cadi-Cadi —justificó Bechiarelli comprensivo con el cacao orientativo de Gabriel Araceli.

—Es un rodeo muy raro. Este fue a algún sitio. Fijo.

Bechiarelli y Juanelo se plantaron delante de la valla con malla verde que rodeaba la obra de un edificio tras la que se aso-maban los cuatro vértices de una caseta de obra prefabricada.

—La obra —dijo el detective como si dijera la frase clave en un guion.

—El vigilante —completó Juanelo.

18

Doppelgänger

*E*l vigilante tenía el rostro de niño crecido bajo el gesto de la perplejidad y la aceptación de un mundo en el que le habían repetido cientos de miles de veces que él era el último mono. Tez morena, perilla y pómulos marcados. Llevaba la cazadora desabrochada, la camisa azulina por fuera, hebras de tabaco en la corbata de nudo ya hecho. No tenía el perímetro necesario para intimidar corporalmente, pero sí una mirada desconfiada y artera que planteaba duelos visuales con todo el que se ponía delante y que podrían acabar en un grito, un empujón o un golpe.

—Buenas noches —introdujo Bechiarelli.

—¿Qué pasa? —ladró—. ¿Qué movida es esta?

—Mira, soy periodista. Me gustaría preguntarte una cosita, hijo.

—¿Ahora? ¿Periodista? —El vigilante acumuló preguntas como si no tuviera otra cosa que hacer—. ¿Qué carajo estás hablando?

—Soy Rafael Bechiarelli. Estoy investigando sobre el nota al que le dieron un porrazo ahí en el solar.

El vigilante lo escrutó hasta que el brillo del reconocimiento apareció en su rostro.

—Tu cara me suena. Tela. —Lo señaló varias veces como

si sacudiera el índice de la sospecha—. ¿Tu abuela no era la Papona? Angelita.

El ladrido se había suavizado hasta el tono de las confesiones casuales y Bechiarelli supo que el cerrojo había cedido.

—Correcto.

—Mira, Rafaé, yo soy el Larri. ¿Tú *conose* al Porquería? —Hizo una pausa para que el eco de aquel mote resonara en la sonanta de la memoria del detective—. *Po* yo soy su sobrino.

Bechiarelli asintió ante la referencia genealógica que relajaba la tensión de una suerte de visita forzada.

—*Aro,* el Porquería. Qué chico es Cadi.

—Darle *pa entro.*

El Larri les dio paso al módulo de obra donde tenía montada la oficinita de un técnico de la custodia como si necesitara de compañía. Parecía atrincherado entre palés de sacos de cemento y maquinaria *in medias res.* El zulo contaba con una mesa, una lamparita, una butaca de estampado verde con un mordisco por el que se salía el *foam,* el olor a tabaco, a cárcel, la radio encendida, el calendario sindical con los días de fiesta señalados en rojo, el Primero de Mayo. A Bechiarelli el cubículo le recordó demasiado a aquel en el que pasó tantas horas en una nave industrial del pasado.

—Este es Juanelo, mi asistente.

Juanelo cabeceó. El Larri se sentó en la butaca y apoyó los codos en las rodillas. Empezó a darle llama a un porro de muchos papeles que había sacado del bolsillo de la chaqueta como si la confianza estuviera consolidada como una democracia o el hormigón.

—Así que periodista —dio pie el Larri—. Qué arte.

—Hace tiempo que no veo al Porquería, fíjate tú —dijo un amable Bechiarelli—. ¿Cómo anda?

—Ve a verlo, seguro que se alegra. Quería mucho a tu abuela, tela.

El Larri les ofreció el porro y Bechiarelli tomó el testigo.

—¿Estuviste trabajando la noche que mataron a Gabriel Araceli?

—Aquí estuve. ¿Por qué, Rafaé? —reconoció como si fuera lo más normal del mundo.

A Bechiarelli la primera calada le llegó al llamado *sentío*.

—Podrías haberlo visto.

—¿Yo? —Se señaló incrédulo—. No lo vi.

—Pasó por aquí.

—Aquí no vino nadie.

—¿Seguro? ¿No escuchaste una pelea?

—Te digo que no lo vi —dijo tajante—. No salgo de aquí.

De pronto Bechiarelli se vio en un espejo mientras le daba otra calada profunda al petardo. El Larri le reflejaba a aquel que él mismo podría haber sido si las cosas hubieran seguido su curso, dentro de lo esperado para el hijo de una limpiadora y un buscavidas, si todo se hubiera mantenido dentro de la normalidad de su futuro y de las esperanzas de alguien como él. Aquellos hombres caídos, la paternidad mal llevada, la barba sin afeitar, la barriguita, esos ojos soñolientos que eran capaces de detectar un tangazo o una oportunidad para la picaresca, las robinsonadas aceptadas como propias, el ocio en las tardes de las grandes superficies, la Liga, la Champions, cambiar de coche. Desear las cosas que le dijeron que debía desear.

—A mí me lo puedes contar, Larri.

—¿Qué carajo *quiere* que te cuente, *pisha*?

El insistente carraspeo de la nariz le indicó que el Larri, además de los *macaflys*, se pasaba el turno de servicio metiéndose rayas, ansiando que las horas fueran segundos. Porque en el cubículo no había libros, ni revistas ni nada que leer. Ni un solo atisbo de lucha contra el sueño o el aburrimiento. Ni una sola arma contra la locura repetida de la noche en acecho, el salario escaso, el dolor en el cuerpo, la soledad. No había nada de aquel ímpetu por saber, por formarse, tan viejo dentro de las

123

clases asalariadas. Solo la portada de un cedé con el resto de la última raya que había esnifado. Bechiarelli no solo había leído sobre los mares del Sur, los tigres de Malasia o los perros de Alaska, sino también había entrevisto otra forma de sí mismo.

—¿No viste o escuchaste algo?

Bechiarelli sintió una suerte de hermandad y de rechazo con aquel hombre que le estaba mostrando la posibilidad que no fue para sí mismo. Sabía que él había soñado, creído en otras cosas. O quizá fuera la calidad triposa de la grifa del Larri que había alcanzado el grado de epifanía fumeta en aquel momento justo.

—Yo no vi *na*, Rafaé. Te lo juro por mi *mare*. Aquí no vino nadie.

El Larri acumuló mocos con inspiraciones ruidosas. Se incorporó, se asomó a la puerta del cubículo y escupió a la tierra como si quisiera echar de su cuerpo la ruina y la rabia. Bechiarelli consultó el oráculo en la cara desconfiada y soñolienta de Juanelo. El de Loreto negó.

—Mucho rollo de cambio pero seguimos igual. En la miseria —empezó a decir el Larri como si quisiera iniciar una reflexión común—. ¿*Sabe* lo que te digo? El nota ese, el Grabié se merecía acabar así. Por tonto. *To* los políticos son iguales. La Esther esa no va a *arreglá na*. Les ha *llenao* la cabeza de pajaritos a mucha gente que yo conozco. De pamplinas. Y va a acabar ella como el nota ese, que jugó con fuego y mira cómo acabó. Tieso.

El Larri abrió las manos como si fueran dos platos de una balanza en la que pesaba la absurdidad de las teorías de autoayuda y el sentido común que manejaba su sociología de mano.

—¿*Sabe* lo que te digo?

Las últimas caladas y un silencio que empezaba a ser incómodo ante la falta de respuestas obligó a los dos visitantes a despedirse.

—Bueno, si te enteras de algo, avísame, Larri. Y gracias.

—¿Algo de qué?

El Larri los despidió a la orilla de la valla con cierta tristeza por la compañía que se iba.

Se encontraron a Ramiro el de la Tata.

—Illo, ¿tú por quién carajo estabas preguntando? —se interesó Ramiro.

Bechiarelli le enseñó el móvil con la foto de Araceli. Ramiro entornó los ojos como si rescatara un recuerdo de su memoria colapsada de falsetas viejas, malabarismos de la mano derecha, mitos y geografías de cante flamenco de Cádiz.

—Este estuvo en el bar. Iba con un viejo.

—¿Cómo era el viejo?

Ramiro ladeó la cabeza, guiñó un ojo y alargó la mano.

—¿Otros veinte pavitos, *pisha*?

Cuando Bechiarelli aprobó con un gesto la subvención, el guitarrista mutó del informador seco y sieso al dicharachero relator.

—Era un tío con bigote, así bajito. *Mu* feo. La cosa curiosa es que iba *vestío pa currá*, con unos pantalones de esos con muchos bolsillos, un chalequito y una bolsa con herramientas.

A Bechiarelli, no supo por qué, le vino a la cabeza la fotografía del cartel electoral de Gabriel que colgaba en la sede de IZQ.

—Serían las seis. Yo qué sé.

—¿Qué hicieron? ¿Se pelearon? ¿Discutieron?

Ramiro lo midió con la mirada como si hubiera dicho una tontería.

—Estuvieron charlando. El de la foto iba mucho al baño. Y le reprochaba cosas al viejo, que se mantenía tranquilo, como si aguantara el tirón.

—¿Se marcharon juntos?

—No. El viejo se abrió antes.

Bechiarelli liquidó el cuelo de Ramiro entregándole el billete.

—Cuídate, Ramiro.

125

Un gasto que no iba a estar justificado con factura. El guitarrista no esperó mucho en invertirlo en la cocaína del Todopoderoso, como si el dinero le quemara en la mano que arpegiaba las miserias y fatigas de un músico pobre.

—Illo, yo me voy —dijo Juanelo, que bostezaba cada tres minutos—. Que ya es hora. Y todavía tengo que llegar al coche.

—*Po* yo tengo un morazo que ni me lo creo, Juan. Vaya grifa triposa.

Se despidieron con un abrazo de película soviética en el que todo estaba dicho y con destellos agridulces por el paso en falso del vigilante.

—Juanelo, ten *cuidaíto* —le dijo como una madre preocupada que espera a sus hijos de marcha dormida en el sofá—. Coge por la sombra.

19

La SS

*E*ran dos. Uno, tipo armario empotrado, calvo rapado con cabeza de cerdo vietnamita. El otro, un perilla fibroso con pelo al cepillo. Caminaban resueltos hacia Bechiarelli, que gracias a la magia de la molécula del porro del Larri admiraba entusiasmado el lucero del alba por la plaza de Candelaria.

—Su puta madre —escupió regresando de la contemplación luminosa.

Bechiarelli se supo acorralado en cuanto los vio acercarse. No corrió. Había desatendido su perímetro de seguridad. Su rutina síquica de alerta. «Puños americanos, no, por favor —suplicó—. Que sean canadienses.»

—¿No dices buenos días, Rafaelita? —dijo el perilla con acento de Valladolid.

Bechiarelli le sostuvo la mirada. Temblaba.

—No te ha follado bien la calva esta, ¿no? —se defendió sin mucha convicción señalando al cómplice del amedrentamiento—. Y me buscas a mí.

Le tiró un besito que contrastó con los ojos aterrados. El calvo lo empujó con las dos manos. El detective tuvo que dar tres pasos hacia atrás para evitar la caída. El calvo, sin esperar indicaciones de mamporrero, agarró a Bechiarelli por la chaqueta y la camisa. Las pinzas de las manazas lo tiraron casapuerta adentro. Aterrizó en la solería. El calvo lo agarró, levantó y le propinó un puñetazo en la barriga que lo dobló. La lluvia de cates en la cabeza lo derrumbó de nuevo. El perilla guardó silencio como en una obra de arte y ensayo de las intimidaciones.

—¿De parte de quién venís? —murmuró sin aliento.

Las patadas en el estómago ahogaron la pregunta y culminaron la cuenta del rosario de los dolores. Bechiarelli rodó entre las pelusas de la casapuerta.

—Mira el guarro cómo se retuerce como un bicho —dijo el calvo con una risotada mongola.

—Una y no más —escupió el perilla—. La próxima visita será con dinamita.

El calvo se agachó y lo señaló con un dedo achistorrado.

—Te voy a matar, guarro. Y a la puta de tu jefa me la voy a follar.

El palazo en la cabeza cogió por sorpresa al calvo cuando salía de la casapuerta. El perilla salió por patas en cuanto vio a su mamporrero agacharse y sangrar. Una patada tiró hacia delante al calvo, como si le hubieran dado la salida a los cien metros huida y la liebre fuera su colega el perilla, que se alejaba a ritmo de récord del mundo de escaqueo.

Bechiarelli, que se tapaba la cara aún encogido, intentó incorporarse. Le temblaban las manos. Le dolía todo. Se le había secado la boca.

—¿Estás bien?

El detective reconoció la voz y bufó como si quisiera emular a un temporal de levante.

—Te debo la vida, *pisha*.

Había sinceridad en las palabras y en la tos del detective, dispuesto a firmar el manifiesto de recuperación de un Bocalandro tenso, que vigilaba el posible contrataque y ayudaba a Bechiarelli a levantarse.

—¿Eran los mismos de la otra noche?

—Estos son de Pruna. Fijo.

—Están yendo a más —valoró preocupado Bocalandro.

Salieron de la casapuerta como dos amigos de vuelta de una farra antológica. El regreso a la oficina iba a ser lento y comatoso.

—Araceli estuvo en un *after* con un trabajador, un tío con bigote, feo, bajito.

Bocalandro parecía componer un frankenstein con la información y darle vida con la electricidad del recuerdo.

—¿Manolo Nogales? —preguntó descreído.

—Búscamelo —decretó Bechiarelli.

—Está desaparecido desde que lo condenaron por amenazar a Gómez, el socialista, en un pleno.

Bechiarelli se detuvo. A Bocalandro le pareció que se iba a desmayar.

—¿Qué vas a hacer?

—Pirarme. —El verbo sonó a derrota histórica—. Hasta que se calme todo.

20

Éxodo

*L*a pintada parecía fresca y ocupaba el flanco derecho de la puerta de chapa. Un punto de mira de un rifle. Y un D. E. P. en mayúsculas acusatorias. Bechiarelli observó el trazo rápido de las letras y el corazón se le retrajo como una anémona. Bocalandro abrió el portón y metió en la oficina al detective bajo los dolores y la sensación de hinchazón.

—¿Necesitas algo?

—Acostarme. Y que encuentres a Nogales.

Bocalandro se despidió con una sombra de preocupación. Bechiarelli echó la llave como si encerrara en una enorme celda la realidad del acoso, la persecución y la violencia. Esquivó los botes de pintura. Cuando se inclinó sobre el metro cúbico de periódicos sintió las aristas de la paliza. Buscó el proceso y condena de Manolo Nogales. Su amigo Fosotti era el que firmaba la crónica.

La condena de Manolo Nogales es la culminación de la agitada vida de un antisistema. En las hemerotecas su nombre aparece ligado a los días más oscuros de la revuelta social y los disturbios. Acusado de un sinfín de tropelías, el veterano sindicalista militaba en Poder Popular y los mentideros afirmaban que había desatado la guerra del Consejo Ciudadano dentro de la coalición. En el pleno de los presupuestos, en una tensa jornada de doce horas en la que se palpaba la tensión, a Manolo los demonios volvieron a jugarle una mala pasada. «Tú de aquí sales con escolta, gilipollas.» Esta fue la frase que Nogales le dedicó al edil Julio Gómez, que argumentaba su voto en contra de aprobar los presupuestos. Gómez denunció las amenazas en el juzgado a pesar de las disculpas públicas del militante de Poder Popular y la intercesión de la alcaldesa. Nogales fue condenado a un año de prisión.

La vida del sindicalista Nogales nace en las huelgas de Astilleros. Años convulsos en los que la policía lo detuvo en siete ocasiones. Así lo recuerda el que era delegado del Gobierno por aquellos años: «Imagínese sufrir un estado de sitio durante horas por culpa de violentos radicales antisistema. Quemando coches y atacando cajeros de banco, intentando quemar la sede de un partido político». Julio Gómez padre conoce muy bien a Nogales. Su cargo en la dirección de Astilleros durante los años de plomo le pasó factura. «Nogales dirigía y mandaba a gente que solo quería desestabilizar la paz social. Yo lo sufrí en mis carnes. Me declararon la guerra y me amenazaron. Quisieron secuestrarme. Manolo siempre fue una manzana podrida para la empresa. Y un borracho exaltado. Él fue el responsable último de toda la violencia, de los estragos, de aquellos días aciagos. Alguien que no trabajaba, que se dedicaba a conspirar contra el normal desarrollo de los trabajos y que sabíamos que robaba material del astillero.»

Se tumbó en el catre con el periódico. Se quedó dormido en un sueño turbio, lleno de sobresaltos.

Cuando se despertó, el asco y el dolor seguían allí. Se incorporó en una secuencia a cámara lenta de convaleciente. El teléfono había sonado mientras dormía. Con una insistencia extraña. Ocho llamadas perdidas.

—¿*Quiené*, carajo?

Bechiarelli consideró las llamadas como parte del regodeo de los macarras. No necesitaba más amedrentamiento. Había captado el mensaje en su carne. Rellenó un maletón de deportes con mudas y calcetines. Luego lo completó con la salsa de su titulación enmarcada y varios cachivaches a los que les tenía cariño: una cámara de fotos, el resto de una bellota de hachís, un paquete de tabaco, mechero, una grabadora del Medievo, un cuaderno donde apuntaba los casos que iba atendiendo. La farsa de la repetición según la famosa frase le sobrepasó cuando se dio cuenta de que estaba haciendo exactamente lo mismo que hacía quince años cuando se exilió de Cádiz.

—Carajo.

Para el detective, la vida no era una rueda, sino una espiral descendente en la que se repetían los acontecimientos pero con más descaro, más vergüenza, más dolor. Como se deslía una serpentina en el aire. Echó un vistazo a la oficina como si quisiera fotografiar aquel aire a gestoría castiza, a oficina de equipo de fútbol base. Ahora no se iba por un tiempo indefinido, comido por la crisis, empujado por un mal rollo carnavalesco mal gestionado, en busca de quién sabe qué parajes y qué paisanaje. Esa vez era un exilio interior. Las nubes le traerían aquel mapa del Mentidero en el que buscaría su oficina, su casa, su refugio, el bajante apestoso, el ventanuco al patio, su esquina del mundo con un cañón adosado, meado por los perros.

Tres golpes en la puerta de chapa. Bechiarelli se incorporó como si tuviera un resorte. Aquel golpear con fuerza una puerta le pareció algo terrible.

—¿Quién carajo será?

El patrón rítmico varió hasta la síncopa confianzuda. Pero podía ser un truco.

Recorrió con sigilo la oficina. Llevaba una botella de cerveza vacía en la mano. Adoptó el gesto serio de las expectativas.

Abrió.

—Rafaé, que no me coges el móvil, carajo.

Llegaba con el rostro perlado por la bulla de las noticias y las mangas del chándal remangadas.

—Coño, Calentito —dijo espirando el aire y la tensión—. Me has *dao* un susto del copón, chiquillo.

—Te he *llamao* ochocientas veces.

El Calentito le vio los golpes en la cara y detuvo el flujo de información.

—Pero ¿qué *ta pasao, pishita* mía?

—La NASA.

—Rafaé, sé de buena tinta que tres chavalitos…

—Estoy al liqui de esa historia. Deberías decirles de que den parte.

—¿Yo? —Se señaló el esternón—. *Aro,* y que vayan a la policía y digan que encontraron al muerto y le quitaron doscientos pavos —ironizó el Calentito—. Rafaé, por *favó.* No me seas-no me seas.

—Calentito, te debo una de todos modos.

—No me debes *na.* Yo lo hago por Cadi. Y por ti, que me preguntó la Esther si eras de fiar y le hablé canela de ti.

Bechiarelli observó al Calentito sin dar crédito. Tuvo la sensación de ser un bar calificado por sus parroquianos en una página de evaluaciones.

El Calentito se percató de que Bechiarelli hacía las maletas. Y que su habitual y desenfadado estar en el mundo se había convertido en una suerte de velatorio.

—¿*Aónde* carajo vas?

—A los bajos del Balneario.

Bechiarelli se colgó la bolsa de deportes y agarró el cubo de pintura y una brocha. El dolor detuvo el esfuerzo. El Calentito fue en su ayuda. Salieron de la oficina. La mañana era ya una república luminosa. Bocalandro lo esperaba fuera. El Calentito le dedicó una mirada cargada de desconfianza. Bechiarelli echó la llave y la guardó en el bolsillo. Le pareció que pesaba como una de aquellas que a lo largo de los siglos conservaron los sefarditas. Cubrieron las pintadas con una mano rápida de brochazos como el que realiza un trabajo voluntario para la comunidad.

—Esther quiere informes por escrito de las actividades de la oposición y los elementos tóxicos —informó Bocalandro—. Hay moción de censura. Necesitamos adelantarnos. También me dio esto para ti. Por si acaso.

Alargó el brazo y le entregó un juego de llaves como el que da un salvoconducto en Casablanca entre la niebla.

—Es un piso. Allí podrás estar hasta que pase el temporal.

Bechiarelli observó el manojo. Miró a los ojos a Bocalandro. Asintió. Se le acumularon las lágrimas de un Boabdil pero las retuvo en la frontera como el último rey de aquel local de Bendición de Dios. Sabía que en cuanto entrara en el piso iba a sentir el frío de Argelès, el tacto de las lápidas de Colliure. Iba a estar en un Portbou del alma. Recordó absurdamente que no iba a poder cobrar el último caso que había resuelto, el de la niña de las hamburguesas en Madrid.

—*Ámono* —susurró.

LA TIERRA PROMETIDA

21

Un fantasma recorre las calles de Cadi

*B*echiarelli salió del ascensor y se plantó frente a los brillos de un portón de caoba con una letra encima. Le costó localizar en el juego la llave que le diera la entrada a los ecos de un piso vacío. Tras el traqueteo de la cerradura, se encontró con unos aposentos indiferentes a su exilio y a su miedo, con un olor entre habitación de hotel y obra, con un colchón en el suelo y un juego de sábanas.

Se vistió con el mono y la gorra salpicados de pintura que iba a usar en el lavado de cara de su añorada oficina. El disfraz cumpliría dos funciones: el encargo de vigilar y la de despistar a sus perseguidores, medida que pareció relajar el cague vital que sufría. Aún le dolían los golpes y tenía una magulladura en el pómulo. Pero sabía que la herida era más profunda.

Buscó el rastro de Manolo Nogales en las señas que aparecían en los archivos de Poder Popular. Divorciado, con hijos exiliados y sin trabajo fijo en el que sondear a sus compañeros. Peinó el viejo barrio de Astilleros, preguntó en tiendas, farmacias y barracas. Tras varias preguntas supo que la omertá vecinal de Nogales era resistente al goteo de su indagación.

—Perro viejo.

Bicheó los tornos de Astilleros en el cambio de turno. Se hizo pasar por un primo lejano que acababa de llegar de Alemania, por un colega que tenía que darle un recado, por un periodista que investigaba los mamoneos en las subcontratas. Recibió las caras raras, los «a mí no me preguntes», la extrañeza, la vaguedad de los enlaces sindicales, el silencio, las cajas destempladas de los encargados, los «yo que sé», con la paciencia de un encuestador que cuenta petos fluorescentes, gafas de sol, gorras y monos azules.

—¿Manolo? En el talego. Donde debía de estar —declaró un guardia de seguridad.

—Era un místico —dijo otro.

—Ese siempre tenía la maleta *prepará*. Está currando fuera. Aquí nadie le da trabajo.

—Nogales no dio un palo al agua nunca, estaba *liberao*. ¿No ves que era un cara que no quería trabajar?

—Lo crucificaron como a Jesús, *pisha*. Un año de cárcel.

Preguntó por él en los escasos talleres de la Zona Franca. Cruzó solares casi silvestres y una basura congénita de calles desiertas como si el abandono tuviera su propia ley, ajena a la actividad industrial. Naves vacías, tapias con pintadas desvaídas y cristales rotos al borde, la tela metálica agujereada, las vegetaciones espontáneas en las aceras, el asfalto resquebrajado. Le adjudicó el mote tras pasar por locales de sindicatos minoritarios, por tajos y obras. El soldador desconocido había borrado su rastro de forma sistemática.

—Un fantasma recorre las calles de Cadi.

Se subió en un autobús. Se bajó a las dos paradas. Esperó a otro. No se subió. Luego se encaminó al Mentidero siguiendo las corrientes profundas del océano de Eritia. Tenía la intención de ir a la oficina para, entre otras cosas, evacuar en su trono, buscar en su hemeroteca y luego seguir con las rutinas de las vigilancias.

Se detuvo.

No podía volver.

—Me-*cagon*-cuantos-muertos tiene el desahucio —musitó al oído de la realidad.

Aprovechó el viaje y dio una batida por los comercios y tiendas de su barrio, por aquellas tres calles por las que paraba. Se dejó ver. Extendió sobre la tostada de sus vecinos la manteca de que dos cobradores muy insistentes lo estaban buscando.

—Tú tranquilo, *pishita*.

Pidió hermetismo, discreción y cuelo, y el vecindario respondió con una omertá a prueba de recaudadores, cobradores, vendedores y gente preguntando. Como Nogales en su barrio.

—Eso está hecho, niño.

La caminata de regreso hasta el piso franco en los confines de Puertatierra estuvo picoteada por el mosqueo y la desconfianza ante la vigilancia y persecución. Bechiarelli repitió operación: se montó en un autobús, se bajó en una parada aleatoria, esperó a otro, se bajó y caminó dando rodeos hasta que entró en el portal del edificio sudando.

—Qué *pechá*.

Horas después, frente al portátil barato que Bocalandro le había proporcionado, el detective reflexionó sobre los burócratas con trienios que esperan la jubilación en los sótanos de los edificios de los poderes oficiales. Redactando memorandos e informes. Tecnicismos, objetividad, concisión. «Sus *muerto*», gruñó. Abrió el procesador de textos y se quedó mirando el infinito blanco en el que el cursor parpadeaba.

Miró el gotelé. La bolsa de deportes. La ropa de pintor tirada en el suelo. El litro de cerveza mediado y caliente y el papelón de estraza de un bocadillo de pan precocinado y ya duro. En la ventana, el *skyline* de pisos en el área de Puertatierra, la zona nueva de Cádiz en la que se sentía un turista, un refugiado. Un paria. Uno que no le había pedido un plus a Esther por el trabajito extra. ¿Cómo coño empezaba un informe si no había vigilado a nadie?

—Lo que yo te diga, carajote.

Se dejó caer en el colchón sin somier. El techo, de bombilla pelona, repetía el blanco de la pared y del folio.

22

Togliatti con *tomati*

—¿*Q*ué te pasa, Rafaé? —contestó al otro lado de la línea.

—Purri, *pisha* mía. Una preguntita.

—Illo, ya te lo he dicho *cienes* y *cienes* de veces: pones a cocer a fuego fuerte en agua con sal las patatas y la zanahoria, sin pelar. Cuando estén tiernas, las apartas del fuego y partes en trozos pequeños. Añades los guisantes y lo mezclas todo. En una batidora pones la leche, el aceite de girasol, la cucharada de zumo de limón, la sal y el colorante, que es el que da un color amarillito.

—Que no es eso —dijo apocado ante la retahíla.

—¿Qué es entonces? —preguntó como si en la galaxia Purri todo se explicara con recetas y pasodobles de comparsa—, ¿la receta de las *papa* con *shoco*?

—Tú siempre *iguá, na* más que piensas en *jalá. Muertohambre.*

—Tú no me llamas sino por el interés.

—Eres mi biblioteca, ¿qué quieres que te diga, hijo?

El Purri, además de tener el mote de un famoso comparsista de Cádiz, era un obrero del carnaval. Doctor en Historia, escribía repertorios para comparsas, chirigotas y cuartetos. Para cualquiera que le pagara. Había sido negro de autores de segunda fila y de alguna comparsa puntera. Su currículum se completaba con varios trabajos en la hostelería por temporadas, estudios eruditos sobre el carnaval y la historia de la ciudad que habían firmado otros.

—¿Quieres saber algo de los marrones y mamoneos de las Cortes de 1812? —ofertó y se cachondeó el Purri con pose doctoral—. ¿Por qué en Cádiz había putos con papeles que son el origen de la fama de maricones? ¿Por qué Jesús de Nazaré era de Cadi? ¿Por qué el culto a Astarté es el mismo que el mariano?

La carga de ironía de las preguntas obligó a Bechiarelli a sonreír sin ganas.

—Otros de la profesión tienen primos armeros, *cuñaos* forenses, hermanos picoletos, colegas abogados. ¿Digo mentira?

—A ver si cuando trabajes para un jamonero te acuerdas de mí, Rafaé. ¿Qué quieres?

—Purri, tienes que escribirme unos informes. Dame presupuesto.

—¿Me subcontratas?

—Fomento el tejido industrial de la Bahía.

—Me cago en tus muertos, ¡unos informes! —valoró la propuesta el Purri—. ¿Tu pinche no puede escribirlos?

—¿Mi pinche? ¿Cómo carajo sabes tú que tengo un pinche?

—¿Dónde nos vemos? —concedió el Purri con la risa en la voz—. ¿En tu boquete?

—Estoy en el exilio. —A Bechiarelli se le quebró la voz—. En Puertatierra —concretó como si hubiera dicho Sebastopol, Algeciras o Johannesburgo.

Hora y media después, el Purri aparecía por la tercera planta de un piso de protección oficial y llamaba a un timbre. Bechiarelli abrió después de reconocer con torpeza que aquel doble campanilleo que oía era el de su puerta. Su sonrisa fue de las del frente amplio ante el papelón de chicharrones, el paquete de papas y los dos litros que el Purri traía en una bolsa de plástico.

—Ole el correo del zar —celebró.

—Qué menos, *pisha*. El exilio con pan es mucho menos exilio.

El Purri observó el colchón en el suelo, una cocina con lo mínimo, el ordenador, las cuatro cosas del detective. Bechiarelli renqueó hasta la cocina, cogió dos vasos disparejos. Echó dos cervezas con mucha espuma. Le entregó una al Purri, que le vio la magulladura y ciertas dificultades de movimiento fruto de una resaca grande o de un carajazo.

—¿Eso es una *mascá*? —preguntó señalando el pómulo.

—Esto es confidencial —le advirtió.

—¿*Confidenciá*? Aquí se sabe *to*, Rafaé, que parece que no eres de Cadi.

Bechiarelli le narró el ataque y la huida de Babilonia con las llaves de Bocalandro.

—Me-*cagon*-sus-*muerto*. —Había susto e indignación a partes iguales en la voz del Purri—. ¿Y el patricio Terrón no tiene mano para arreglarte el lío este y hablar con el Antonio Pruna? El local era suyo, ¿no? Pero te lo dio a ti en pago por un trabajito, ¿no?

—Se me viene a la cabeza desde que me echaron. ¿Te acuerdas de su niño el punki?

—El Nandi, que la palmó de sobredosis.

—No puedo ir a ver a Terrón. Me remueve.

El Purri sonrió ante la confesionalidad barata del detective. Le dio un palmetazo en la espalda como gesto de empatía y comprensión. Recuperó el habitual afán por reírse de todo.

—¿Lo de confidencial lo es tanto como lo tuyo con la Paqui?

—Eso ni tocarlo.

—¿Habéis hecho las paces?

—Me la nombraron en las amenazas. Tenía que avisarla.

—¿Ha venido ya? Ahora tienes un partidito con pretensiones.

—Es un refugio, Purri. —Abarcó el piso con las manos abiertas y con una suerte de culpa—. Esto seguro que le hace falta a gente más necesitada que yo.

Y bebió como si en el fondo del vaso estuviera la tranquilidad.

—Tienes que vigilar a Pablo Pecci, el corrupto, y a Claudio Elizondo, el purgado. Mi cliente lo quiere todo por escrito, con registro de entrada y mamoneos varios.

—¿Y tú? ¿No puedes currártelo?

—Estoy *liao* buscando a Manolo Nogales. El concejal se encontró con él en un *after* antes de que le partieran la cabeza.

El Purri enarcó las cejas.

—¿Nogales? Ese es un mítico. Con José Mari Sabajanes, eran las dos cabezas de los sindicatos cañeros de Astilleros. Es el que amenazó a Gómez en el pleno de los presupuestos. Y le han *echao* un año de cárcel, al pobre. ¿No sabes que en el diario tu amigo Fosotti empezó a llamar Stalincito al Grabié porque decía que había purgado a Elizondo y a Nogales? Precioso, ¿verdad?

—¿Stalincito? *Joé* con el Pepe.

—Los informes serán tan buenos como los que le di a la Esther sobre ti.

Bechiarelli observó al Purri como si lo quisiera fusilar con los parpadeos confundidos.

—¿Qué *dise*, Purri? Me-*cagon*-tus-muertos, ¿estás en el ajo?

Había indignación de víctima de un cobazo en el gesto que congeló el detective.

—¿Te han *dao* el carné ya, Jamesbón? —ironizó el Purri.

—¿Yo? Ni *mijita*. Nunca entraría en una peña flamenca

que me admitiera como socio. ¿Y tú ya eres un intelectual orgánico?

—¿Yo? Está la cosa muy *pará*. ¿Por qué te crees que estoy aquí?

El Purri se echó otro vaso de cerveza y abrió el paquete de patatas bajo la mirada dura de Bechiarelli.

—¿Qué tiene que ver la vigilancia con lo del Grabié?

—Porque habrá moción de censura y quieren prepararse.

—Qué cabrones. Como no tienen nada con lo que echarla, se montan un sainete. Ni siquiera la foto desnuda ha podido con ella, illo. —El Purri hizo una pausa y lo señaló como si fuera a compartir una explicación definitiva—. ¿Tú sabes a qué me recordó lo de la fotito? A Astarté, la antigua diosa de los tirios que tenía templo y devoción en Gadir.

Bechiarelli puso los ojos en blanco.

—¿*Questá-blando*, Purri?

—*Ira*, Esther ganó la alcaldía porque la gente se la cree, se cree sobre todo lo que hace. No lo que dice. Es como una madre. La gran madre de Cadi. ¿No escuchaste cuando se murió el hombre en los bajos del Balneario lo que dijo? ¡Que se le había muerto a ella!

—Échale más tabaco, Purri —aconsejó Bechiarelli.

—La diosa Astarté, *pisha*, así te lo digo. La gente la quiere y la respeta, el Consejo de Hermandades y las maris están *encantaos* con ella. Van a pedirle como si fuera un besapié y le rinden culto. Y la representan desnuda. Solo falta que la saquen en procesión y la llamen Reina del asalto a los cielos. ¿Qué más quieres que te diga? Está clarísimo.

—Lo que está clarísimo es que tres anganguillos, de casualidad, se encontraron a Araceli muerto y le quitaron la cartera. Esto es un lío político.

Hubo una tregua gracias a los Pactos de la Moncloa del aperitivo. Buchitos a la cerveza, papeo y las yemas de los dedos impregnadas de la grasa de los chicharrones.

—Araceli era de esos que no entendían como fructífera la lógica de Togliatti, «partido de lucha y de gobierno» —filosofó el Purri—. Se olvidó de la calle.

—Togliatti con *tomati* comería yo hoy —confesó un materialista Bechiarelli echándose otra cerveza—. Yo te digo una cosa: Araceli era un traidor. Y fue ejecutado por ello.

23

Un Majnó sin afeitar

—*U*sted compartió muchas movidas en los viejos tiempos con Manolo Nogales.

José María Sabajanes lo había recibido en su modesto despacho del edificio de los sindicatos, un mamotreto franquista con un salón de actos que había cobijado los mil días de encierro de los trabajadores de Delphi y cientos de actos sedimentados en la obsolescencia de las carpinterías y el suelo desbrozado del escenario.

—¿Manolo? —dijo sorprendido al nombrarlo—. Claro. Era mi compañero.

Mesa de formica, pósteres de huelgas generales, calendarios corporativos, parafernalia fragmentada en bolígrafos, chapas, fundas de gafas y globos del sindicalismo que aún se autocalificaba de combativo. Olía a cerrado y a sudor de burócrata. Sabajanes parecía necesitar una ducha y un afeitado, y no por dejadez de la higiene, sino por una desafección en su largo estar en el mundo y una suerte de desastre vital hecho estilo de vivir. Bechiarelli se presentó como «el que lleva la cosa de Araceli».

—¿Está escondido Nogales?

—Después de lo de Gómez, desapareció. No lo estaba pasando bien. Le dieron hasta en el carné. Le han destrozado la vida, al pobre. Manolo es el ejemplo del modelo Araceli de gestión de

militantes —dijo como si fuera una patente o un prototipo—.
No se merecía lo que le pasó porque luchó y pagó las consecuencias de la represión. Fue uno de los que dio su vida porque Astilleros siguiera siendo el pulmón de la Bahía. Siempre estuvo en
primera línea. Conmigo. Nos detuvieron muchas veces. Hasta lo
acusaron de terrorista, de ser del GRAPO, de ser uno de los que
cortaron el teléfono cuando la huelga de Astilleros y mil mentiras más. Luego le hicieron la vida imposible hasta que lo echaron
de Astilleros por la cara, señalado por el padre de Julio Gómez.
Su padre mandaba mucho en esta provincia y se encargó de re-
presaliar a Manolo personalmente. Entró en una lista negra que
lo condenaba a no poder trabajar en ningún sitio.

—Araceli lo echó malamente.

—A Gabriel lo que le preocupaba de verdad era que Esther
escuchara a Manolo, que él le diera consejos y ella se alejara
aún más de su aparato. Toda la movida viene de ahí, por eso se
lo quitó de en medio. Manolo se opuso a la jugada de meter en
el Consejo a Marga, la profesora. Fue un descaro. Qué casualidad que después salió eso de que robaba. Algo muy feo.

—¿Robaba?

—Como curraba de mantenimiento, se le puso en entredi-
cho por apropiarse de materiales de la coalición. De una parida
hicieron un mundo. Como no lo podían echar, le aplicaron lo
peor de la reforma laboral. Como si fueran banqueros despidiendo a limpiadoras. Manolo me recuerda una frase que decía
un trabajador de los Astilleros, amigote mío, gran personaje:
«Algún día el yunque, cansado de ser yunque, pasará a ser
martillo».

«Martillo, pico, espiocha, barra de hierro», enumeró Bechiarelli en su cabeza.

—Usted discutió con Araceli en el Consejo Ciudadano.
Pero no lo echó.

—Solo hay un lugar donde estaremos todos unidos. En la
cárcel. Siempre discutimos. La última, la más agria. Mira, to-

davía estamos esperando un local del ayuntamiento para poner la oficina de Vivienda Urgente y así solucionar casos de gente que está en la calle *tirá*. Desahuciada por los pisos turísticos. Pero nada. ¿No te has *enterao* del que se murió hace poco en los bajos del Balneario? Una tragedia que se habría evitado si el chavalito hubiera estado en una casa. Pero esta gente venga a darnos largas, a darnos largas. ¡Y lo rápido que dan las licencias para los apartamentos turísticos! Hasta que lo hicimos y al carajo. Reconozco que el Plan de Vivienda sigue bloqueado por culpa de Julio Gómez y la gestión de Pecci a favor del Munguía. ¿Sabes quién te digo? El padre de su novia. Y se quejó al concejal. ¿Tú sabes la cantidad de casas vacías que hay en Cádiz? Lo menos ocho mil. Eso no se puede aguantar. Gabriel decía que estábamos perjudicando a la concejalía de Vivienda. Pero los problemas fueron porque ocupamos una finca propiedad de su suegro. Casi llegamos a los tribunales. Pero no llegó la sangre al río. Dejamos la finca, y Munguía, a cambio, ha *dao* trabajo a varios parados en sus obras. Vigilando y tal. O haciendo chapucillas. Parches.

El Larri apareció en la atolondrada cabeza de Bechiarelli agachado, metiéndose una raya.

—Gabriel estaba obsesionado con el poder. Mira, el poder es dominación, digas tú lo que tú digas, digan lo que digan todos estos que ahora se ven en el sillón y cambian por completo. Solo hay que ver a Pecci y a quienes lo rodean: una panda que siempre ha comido de la olla grande, y ni ideología ni nada. Solo la pela, y el poder. Esther ahora quiere justificar lo injustificable y trabaja en la unidad. Quiere que nos traguemos que el pacto con Julio Gómez es inevitable. Y un mojón. Ya verás el Primero de Mayo. Qué paripé. El movimiento obrero mayoritario ahora da risa a la patronal, no miedo.

Sabajanes no atendió a las señales de tedio del detective, que parecía oyente profesional de los discursos de todos y cada uno de los candidatos en las elecciones al pestiñazo gordo.

149

—Yo en el fondo quería mucho a Araceli. Estábamos en desacuerdo en muchas cosas, en todas te diría, pero yo nunca le deseé ningún mal. Pero la institución ahoga la movilización, porque gobiernan los nuestros. Araceli fue absorbido por cargos que le cambiaron la lógica de la subversión hacia la de gestor del sistema. Una tragedia. Y le pirraba eso de tachar de una lista a los traidores.

Sabajanes se rascó la lija de su incipiente barba canosa. Bechiarelli inició el mutis estrechando la mano del sindicalista.

—Si encuentra a Nogales, dígale que lo echo de menos. Se le echa en falta.

24

Ingenieros de almas

—*D*octor Purri al aparato —dijo con la voz nasal de un malo de película—. ¿Quieres saber la receta del arroz con plancton?

—Déjate de pamplinas. Larga.

—Mira, Claudio Elizondo salió de su casa a las nueve de la mañana y desayunó media con manteca blanca y café con leche —dijo con ironía grande.

—Purri, me-*cagon*-tus-muertos —interrumpió Bechiarelli—. No me juegues. ¡Qué carajo estás hablando!

—Elizondo se reunió en una terraza con Julio Gómez, Mario Cartago y Antonio Pruna, político adscrito a Electores.

—Lagarto-lagarto.

El Purri le resumió los movimientos y reuniones de la oposición y de los elementos tóxicos.

—Se va a liar gorda en la moción.

—Ahora serán ellos. Y a lo grande. Antes la liaban los parias. Siempre hubo bocinazos sin micrófonos, acusaciones, desplantes. Y mucho mamoneo con la gente que va allí a protestar. Ya no se sabía si era a favor o en contra de la alcaldesa. La gente ya no es que esté *desesperá*, está más allá, en el Puertatierra del no ser.

—Purri —amonestó Bechiarelli ante aquella extraña expresión fanoniana adaptada a lo gaditano—. *¿Questá-blando?*

—Es una metáfora, carajo. Ya no se lía con la frescura y verdad de antes de la Esther. Todavía me acuerdo del momentazo de la Pepa.

—¿La Pepa? ¿La Constitución?

—¿Tú eres tonto? No, *coone*. Una anganga que le pidió al alcalde antiguo en un pleno que le diera acceso a una vivienda digna. No se la daban porque al alcalde no le salía del mismo carajo. O se las daba a gente afín y servil. Así de simple. Se fue calentando a medida que explicaba su situación. No llevaba nada *preparao* pero habló con un *flow* y una verdad admirables, Rafaé. Antológico. Mira el vídeo. Lo vio *to* quisqui. Los puso vestidos de limpio sin insultarlos. Impresionante. Y dijo cosas muy subversivas. Pero básicas. De sentido común. Le pidió al alcalde obediencia: «¿Para quién trabajáis? Ustedes trabajáis para nosotros. Para el pueblo. Y no *sabéi enterao*», decía la piba. Luego se hizo famosa. Salió en la tele y tuvo sus quince minutos de fama. Pero a los tres o cuatro meses se olvidaron de ella. Ya no la llamaba nadie. Un juguete roto —resopló el Purri.

—¿Puedes poner el contubernio de las terrazas en plan bonito para que se entienda bien? Mañana se lo tengo que dar a mi jefa.

—¿Quieres que le dé un toque de política ficción?

—Tú escríbelo y te estás quietecito.

—*Pisha*, un poco de épica de los ingenieros de almas. Su pizquita de exaltación de la clase trabajadora, su chorreón de rollo educativo y la recreación como algo admirable.

—¿Épica? —repitió Bechiarelli reticente—. Épico va a ser el cate que te dé, cabrón.

—¿Has *encontrao* al soldador desconocido?

—Está más *perdío* que el barco del *arró*.

—Ese se ha ido a La Habana a tomarse un café. Ya volverá.

25

Leyendo esquelas en el *Pravda*

*B*echiarelli se tomaba un café entre parados de larga duración y funcionarios *in itinere* de los trienios del desayuno después de peinar los polígonos industriales de la Bahía en busca de Nogales. La leva de escaqueados llenaba los bares y vaciaba las ventanillas. Se enfoscaban las medias tostadas con aceite y tomate. Se leían las frases del sobrecito de azúcar, se ojeaban los titulares y las esquelas del diario.

Después de una larga espera, tuvo acceso franco al diario. La detención y condena de los tres angangos del *after* como sospechosos del caso Araceli le cortó la saudade del exilio. Aparecían como culpables y se aportaban las irrefutables pruebas de sus perfiles: sin estudios, sin trabajo, trapicheos, antecedentes, hijos de distintas parejas. Tres delincuentes que amenazaban la paz social.

—*Joé*, qué cabrones.

Bechiarelli se preguntó, otra vez, si los servicios secretos cubanos sabrían del largo periodo especial que vivía la ciudad y que había producido a los tres chavales detenidos, a parados de larga duración, camellitos, *chapús* en negro, tabaco de contrabando, ropa de tercera mano, lotería clandestina, carros de la compra rellenos de hidratos de carbono y cartones de leche, viejos que recogían colillas, pensiones que daban de comer a tres chiquillos, baratilleros diarios en la pared de la plaza de Abastos, embarazos adolescentes, prostitución de baja intensidad, colas en los servicios sociales para solicitar la ayuda y pagar la casa, la luz, el agua, y una economía sumergida digna de una patria de submarinistas.

Leyó que aquella misma mañana el Cádiz que los politólogos creían que era «el otro medio» se acantonaba encorbatado para un desayuno-conferencia en el Palacio de Congresos. Se había confirmado la presencia de Julio Gómez.

Salió disparado.

Enchaquetado, afeitado y con el pelo aún húmedo de la ducha, Bechiarelli se adentró en las instalaciones del Palacio de Congresos, gracias a la ya larga tradición de colarse gracias a sus contactos en el cuerpo de seguridad. La reforma de la antigua fábrica de tabacos había limpiado de memoria la lucha sindical de las cigarreras y las tres rosas pisoteadas por el alzamiento. Ahora era un centro de reuniones calificado por las guías turísticas de neomudéjar con el aura de haber sido escenario mítico de un cuento erótico y trágico de mujeres fatales, de Cármenes y soldados. El evento estaba patrocinado por *El Diario* y lo iba a protagonizar un emprendedor bien alimentado que iba a compartir sus recetas para afrontar los mismos retos que la libre empresa afrontaba a cada minuto.

Tuvo el temor de encontrarse a su némesis Antonio Pruna mientras buscaba al concejal Gómez. Se fue cruzando con notables de la duma provincial y el patriciado local, compañeros de clase de colegio privado, empresarios del ejército blanco y apellidos con partícula nobiliaria adquirida, mencheviques del Cinco Jotas y el catavino siempre lleno, pequeños zares de los medios de comunicación, periodistas pelotas y colados, *kulaks* del poder simbólico con bronceado campero, la opinión pública de traje y corbata en el punto cero de ese «no lugar» más allá de la neutralidad, coristas de la doctrina Truman, comparsistas del antiguo grupo de Friedrich von Hayek, seguidores del libro de estilo de la codicia como fundamento que aparece como sentido común.

—¿Ha venido la alcaldesa? —comentó un señor sobrealimentado—. ¿O nos hará un feo?

—Espero que venga vestida. —Se rio otro.

—Ha mandado a un suplente —respondió un emprendedor de pelazo y estilismo de ejecutivo de cuentas—. Uno que era antes fontanero.

El detective los proyectó en otros espacios donde los palmetazos en las espaldas, las risotadas y las miraditas entre grupúsculos fueran menos impostadas y vigiladas por el ojo de los fotógrafos. Los vio en convites de boda de hijas con herederos de alcurnia, fiestas en yates con señoritas, conversaciones informales en el palco del estadio municipal donde se decidía el futuro de cien trabajadores. Los imaginaba como Reyes Magos adjudicando regalos, viajes, despidiendo a fieles trabajadores después de cuarenta años de entrega a la empresa con una placa, nombrando testaferros, tuteando a asesores y a concejales para que les amañaran un concurso público. Ansió verlos en cenas regadas por los caldos de la tierra esperando la pedrea de cargos y favores.

—¿Hay manteca blanca con zurrapa? —escuchó Bechiarelli al pasar.

Muchos de los elegidos, campechanos y graciosos, rodeaban al que habían elegido salvador del estado actual de cosas, el liberal de toda la vida, Mario Cartago. Bechiarelli marineó en corrillos de casino provinciano en los que azuzaban las noticias falsas, los rumores sobre la moción de censura y el miedo a que los miserables siguieran en el ayuntamiento. Volaban las bandejas entre las mesas con centros florales en las que algún día los anónimos camareros servirían su cabeza o la de Esther Amberes.

Los siseos consiguieron un silencio de rito masónico y un pleno de invitados sentados. El conferenciante soltó su homilía frente a las mesas del convite.

—Las únicas sociedades que han sido capaces de crear una prosperidad han sido aquellas que han confiado principalmente en los mercados —afirmó.

—Está claro que este pavo —comentó un enchaquetado al oído de otro enchaquetado— quiere presidir otra vez la Confederación.

A Bechiarelli, que había captado el comentario con su radar, esa traducción del discurso del ponente le pareció el reverso tenebroso de las transcripciones que él practicaba en la vida cotidiana. Siempre se creyó ducho en el dominio de la jerga. Un perito en la rápida traslación de las numerosas variaciones de miradas y gestos a palabras del lenguaje común, ágil con las inflexiones y trazados de los que se encontraba en los bares, de los clientes, de los sospechosos. Esa era su fuerza como detective: estar al liquindoi de todo.

—Ninguna ley nos va a dar de un día para otro una solución definitiva —aseguró el conferenciante—. Las empresas, cada vez que se promulga una ley, nos ponemos a temblar.

Pepe Fosotti lo había visto deambular por el salón mientras él aplaudía la conferencia. Le extrañó verlo tan arreglado, con pinta de comercial que acaba de estrenar modelito o de jefe de camareros que supervisa el acceso a los cafés de los invitados. Pero Bechiarelli daba el pego. Fosotti fintó varios saludos, regateó apretones de manos hasta que se plantó frente al detective, que gestionaba una taza de café y unos cruasanes con una camarera a la que le había resuelto la pérdida de un agaporni. Las manos sarmentosas del periodista, esas que nunca tuvieron un callo, se posaron en sus hombros.

—Rafaé, ¿qué estás buscando aquí? ¡Y con chaqueta y *afeitao*!

—Estos señores tienen que verme. Así dejo de ser invisible.

Fosotti llevaba cuarenta años levantando el teléfono para saber qué se movía en la vieja Gadir y escribirlo en el diario. Su fuerza radicaba en su propia red de agentes, de conocidos y amistades cabales que lo ponían al tanto en menos de una hora de todo lo que pasara en Cádiz y Puertatierra. Toda aquella información privilegiada convertía a Fosotti en un gurú de las cosas de la ciudad al que había que encenderle una vela o besarle el pie uno de cada siete viernes. Hacía tiempo que ambos no coincidían en el rito de intercambiar informaciones en periplo homérico por las escasas tascas que la gentrificación había respetado.

—Nunca vienes a estos saraos y ahora estás aquí, es para celebrarlo, *pishita*.

Bechiarelli mariscó el cariño en las palabras del periodista.

—Hay que abrir nuevos mercados. ¿No has escuchado la homilía del gurú? Y si quieres celebrarlo, hazlo dándome carta blanca —espetó seco y sieso, viendo pasar las estrellas fugaces de las bandejas— para el jamón y la selecta nevería.

—Lo de «desayuno» es un eufemismo —le consoló Fosotti palmeándole la espalda.

—Eso es para indignarse —protestó—. Y traer la guillotina.

Aquella anciana desconfiada que el detective tenía dentro le hizo mirar raro al veterano periodista.

—Espérate-espérate, ¿no es al revés? ¿No soy yo el que va a buscarte siempre? —Bechiarelli se habló a sí mismo en voz alta como si invirtiera la dialéctica de sus encuentros, como si estuvieran cabeza abajo y ahora los colocara de pie.

Fosotti sonrió como un comercial de hipotecas basura.

—Se dicen cosas de ti. Estás escarbando en la mierda para ayudar a Esther y a los radicales.

—Pruna no te ha dicho nada de mi desahucio, ¿que no?

—¿Desahucio? ¿*Questá-blando*, Rafaé? —alegó con incredulidad—. Pruna es una persona de orden.

—A lo injusto le llaman orden.

157

—¿Eso lo has sacado del libro rojo de Esther Amberes?

—¿De dónde sacaste tú lo de Stalincito en tus columnas para llamar a Araceli?

—Eso es la guasa de Cádiz. El que no lo entienda es que es un malage. A Araceli se le secó el cerebro. Creer en la revolución en los tiempos que corren es de estar tarumba.

—Pues resulta que Stalincito está muerto. Qué gracia, ¿verdad?

La siesura del detective no logró traspasar el glacis de sonrisas, confianzas y conchabeo del periodista. Le buscó un hueco en las mesas con desayuno para calmarlo.

—¿Qué esperabas, Rafaé? ¿Papelillos y serpentinas? ¿Alfombras rojas para gente que no tiene ni la FP? Mira, el que ha mandado la alcaldesa a nuestro acto era antes fontanero. Dime tú a mí.

—Habéis crucificado a tres chavalitos inocentes. Los habéis machacado. Ellos no tienen nada que ver en esta movida.

—A mí lo que no me haría mucha gracia es verte un día en las esquelas, ¿sabe lo que te digo, pishita mía?

—No mientes ruina, mamona.

—¿Más ruina que trabajar para los radicales? —opinó un Fosotti incisivo.

Escogió la cuarteta del popurrí de coartadas que estaba seguro que cubriría la curiosidad del periodista.

—Mira, Fosotti, estoy en misión de documentación para un escritor madrileño. Uno que quiere escribir sobre el caso.

—¿Otro libro sobre Cádiz? —se quejó Fosotti—. Madre mía, qué saturación. No será una novela negra política, ¿no?

—Es un *Episodio nacional*, a lo Galdós, que se va a titular *Cadi-Cadi*.

Fosotti le rio la gracia al detective.

—Pues espero que no sea como esas novelitas costumbristas sobre Cádiz que ahora están saliendo y que yo no sé cómo se pueden entender por ahí arriba.

El edil Julio Gómez pasó en busca de un saludo protocolario bajo el seguimiento de la ametralladora del *spitfire* de Bechiarelli. Fosotti leyó el interés.

—Seré breve —ofertó el detective.

—Parece que le vas a vender un piso. No remuevas ni desentierres viejas heridas, Rafaé. No vale para nada. Hay que mirar hacia delante. Está la cosa tensa: esta mañana han detenido a dos militantes que hicieron una pintada en la sede de Cartago. «*Cartago delenda est*», pusieron. Y me ha llamado un *colgao* que dice que a Araceli lo ha asesinado un sicario venezolano contratado por Esther Amberes para así tener el control absoluto de Poder Popular.

—Dame la entrada —dijo como un actor de sainete decimonónico.

159

26

Diecisiete instantes para recordar a Charo

*J*ulio Gómez era el molde en negativo del conservador Mario Cartago. Ambos conformaban el Jano del bipartidismo. Gómez parecía estar orgulloso del aire de señorito enfadado, una pose en la que era capaz de escupir un «usted no sabe quién soy yo» cada quince minutos. Bechiarelli no sabía que era adicto a la triquiñuela populista, como presentarse en fiestas populares sin venir a cuento o en eventos en los que solo aparecía, como un fenómeno, y no hacía nada más. Debajo de su apariencia de demócrata con modales de niño de comunión repeinado, y venido a menos de las grandes épocas socialistas en las que todo estaba pagado, Gómez amparaba a un niño gordito maltratado por la gaditanía más popular que había acumulado la suficiente rabia originaria para comerciar con ella en todos los mercados posibles.

Hijo de un alto funcionario progre y un ama de casa que se había mezclado con el bajunerío, sus padres lo incrustaron en un colegio popular para que alternara con la chusma antes de dirigirla desde las elites progresistas de la ciudad. Estudió una carrera en Cádiz y mantuvo relaciones con la izquierda radical muy breves. Tanto como compartir la barra del bar de la facultad. Le gustaba la chaqueta y tenía una familia numerosa. Como si hubiera querido repetir «la carga» recibida en su infancia, Gómez dio su voto en la sesión de investidura a Poder

Popular para atacar e intentar acabar con su rival directo, Mario Cartago. Aunque las diferencias eran pocas. Recibió muchas críticas pero él argumentó que era necesario un cambio.

—Y usted es…

—Rafael Bechiarelli.

Gómez escuchó el nombre como el de un nuevo tipo de plancha para las camisas. Bechiarelli observó al edil con detenimiento. Su cara, mofletuda de perilla recortada y pelo repeinado, comenzó a conectarse con una sensación del pasado, con un recuerdo. Le quitó la perilla, la pose de prócer de provincias. Era Julito, aquel niño con el que compartió juegos hacía millones de años, cuando su madre no tenía más remedio que llevárselo a trabajar a las casas bien que limpiaba. Julito, del que heredaba los juguetes de los Reyes anteriores y bolsas de ropa seminueva, al que invitó a su cumpleaños con sus amigos del barrio. Aquel niño bien que vivía en un Atlántico o en Canalejas. No se acordaba.

—Rafael, el hijo de Rosario —aclaró el detective—. ¿Te acuerdas?

La mirada desconfiada de Julio Gómez se ablandó ante la pequeña puerta que se abría en el pórtico de la memoria del edil. El alzado de cejas fue un gesto de perplejidad, como si evocara a un actor secundario de una infancia feliz y sin incidencias. Quiso pronunciar «Charo» con un halo de nostalgia barata, pero no dijo nada y se pasó la mano por el pelo.

—Hombre, Rafa, ¿qué tal?

—Encantado de verte —dijo pasteloso Bechiarelli.

—¡Qué de tiempo! ¿Cómo está tu madre?

—Murió, la pobre.

La falsa simpatía de Gómez transmutó a la sombra de un gesto de torpeza social.

—Lo siento mucho. ¿Cómo te trata la vida?

—Pues muy bien —comenzó con entusiasmo barato—. ¿Y tu padre?

161

—Mi padre bien, muy mayor. Y con la cabeza un poco perdida. Pepe me ha comentado que querías hablar conmigo para un libro o algo así, ¿no?

—Un tipo quiere escribir sobre Gabriel Araceli y le hago de arqueólogo.

Gómez sonrió, con ironía triste.

—Mira, Rafa, no existe tal tontería de conspiración ni guerra sucia. Eso son sueños de radicales con la cultura de los perseguidos. Araceli se puso delante de alguien con el que no debía encontrarse. Tres asesinos. Lo demás, montajes, publicidad, cuentos.

—Su muerte facilita la moción de censura, ¿no? O la complica, depende cómo se mire.

—En política uno a veces no elige los compañeros de cama. Pero necesitamos un cambio para mejorar la calidad democrática de esta ciudad.

162 —¿Te ayudan las conversaciones con el opositor Claudio Elizondo?

—Un político tiene que hablar, compartir, proponer. Con todo el mundo, Rafa. —Gómez usó un tono televisivo que parecía manejar—. No sé por qué voy a dejar de hacerlo. Claudio es un demócrata. Un luchador. Un crítico. Esther Amberes y su incompetencia manifiesta en el gobierno son dos de nuestros mayores problemas. Tiene los días contados.

—¿La meterás también en la cárcel, como a Manolo Nogales?

—¿No te parece muy grave amenazarme en público?

—Dicen que el suceso te dio aires de víctima de los radicales frente a los moderados —fabuló con maldad.

—Nogales es un cobarde, un resentido. Un ladrón y un borracho. Merece la cárcel por su historial de radicalismo y el daño que ha hecho a Cádiz. Lo lleva en la sangre. Una manzana podrida que le amargó la vida a mi padre, que lo único que quería era el bien de la ciudad. Es un peligro para la democracia.

—¿Quien filtró la foto de Esther no es un peligro para la democracia? —La prosodia irónica de Bechiarelli acabó siendo un tableteo de ametralladora—. No me toques los cojones, Julito, *pisha*, que nos conocemos.

Dos parchetones rojos aparecieron en los mofletes del edil.

—Dime que tú no tienes nada que ver con el martillazo en la cabeza de Araceli —se adelantó y ordenó el detective—. Ni que tenéis escondido a Nogales.

—Te lo juro por mi madre, Rafa. Yo quería sentarme a hablar con Araceli y acercar posturas.

Bechiarelli lo miró a los ojos como si estuviera desplegando un campo magnético de veracidad.

—Si tanto querías hablar, ¿por qué no invitasteis al judas del Poder Popular a vuestra cena de conspiradores?

—No pudo ser. No se fiaban de él.

Un señor con las delicadas maneras del que marinea por los corrillos, la urbanidad de un notable y la amabilidad de un acreditado gestor de las conversaciones se asomó al cuestionario y esperó a que terminara.

—Hombre, Paco Martínez de Munguía.

El detective escaneó al suegro de Gabriel Araceli, o al menos, padre oficial de Mira.

—Julio, tenemos que hablar, si a este señor no le importa. —La frase culminó con una sonrisa digna del Tratado de Versalles.

—Un segundo, Paco —se disculpó Gómez, y encaró a Bechiarelli para finiquitar el diálogo.

—Si quieres hablar, búscame —le susurró Bechiarelli—. Sé discreto. Gracias por su tiempo, señor Gómez —se despidió un Bechiarelli ujier de su integridad física.

Gómez asintió como si hubiera recibido una orden y apartó a Bechiarelli del radio de escucha de Martínez de Munguía.

—Siempre me acordaré del cariño que tu madre me dio cuando era un niño: diario, sincero, sin nada a cambio. Tenías mucha suerte por tenerla como madre. Después de muchos años sin verla, y sin vernos tú y yo, un día pensé en qué habría sido de ti. Aquel chavalito. En qué trabajo de mierda habrías acabado. Te imaginaba fregando platos en Londres, poniendo cafés en un bar de desayunos, trabajando en hoteles, llamando a las tres de la tarde a una casa de parias como tú desde un *call center*, dando tumbos por aquí o por allí, en la fresa o la vendimia, cargado de hijos, con una hipoteca y un coche de segunda mano. Tenía la esperanza de que fueras un desgraciado o alguien normal. Y ahora, lo inesperado: te veo aquí metido en mierda hasta las trancas, de chivato profesional, enfrentado a un hombre muy poderoso que te tiene tirria por cualquiera sabe qué cosa, que ha sido capaz de echarte de donde vives, mientras descifras la muerte de un utópico de los cojones.

A Bechiarelli aquella confesión le supo a una suerte de victoria íntima en una guerra que nadie presenció ni narró, un acto de justicia secreta frente a aquella fatalidad que lo esperaba años después de jugar, mientras su madre limpiaba, con aquellos niños de futuros mucho más amplios y seguros que los que su madre creía para él mismo.

—Pélala, Julito, pélala.

27

Adolphe Thiers

—*U*n tal Bequiareli está dando por culo.

Al inspector Monguío no le sorprendió la llamada de sus superiores. No le era extraña la causalidad alrededor de un insólito encuentro del edil de la oposición con un sujeto no identificado en el desayuno-conferencia de *El Diario*. Aquella llamadita recurrente. Las quejas sobre las preguntas capciosas de un tipo con apellido italiano.

—Yo me encargo —respondió el inspector.

Aceptó a acudir a la cita que Bechiarelli le propuso por teléfono. La calificó digna de una novela de espías en la ciudad donde menos espías hubo en la historia de la Guerra Fría. Pero que fue la cuna del primer no romano que consiguió un consulado gracias a sus gestiones y chanchullos para el César.

El *mercao* de la plaza de Abastos bullía de maris y carritos, de desocupados morsegones, de lectores del diario que se enteraban de que dos militantes de Poder Popular habían sido detenidos por amenazas a Mario Cartago y por hacer una pintada muy rara, en latín: «*Cartago delenda est*». A pesar de la tensión por la inminente moción de censura, se podía respirar ese cachondeíto de baja intensidad entre los puestos de frutas, una guasa que se palpaba a través de los efluvios de la fritura de los chicharrones, que para el detective estaban a la altura de las míticas irradiaciones de los misterios de Eleusis.

—Así que asesor de un famoso escritor de Madrid, ¿no? —le reprochó el inspector con media sonrisa cómplice.

Monguío, vestido de entretiempo, mostraba la marcialidad de un *viejoven* sometido a las presiones y violencias del cuerpo al que pertenecía. Tenía la cara arrugada, una boca sin labios y unas gafas de piloto de caza que le daban un aire de fascista adolescente. Bechiarelli detectó a dos tipos anónimos demasiado parados en la esquina de un puesto, demasiado distraídos.

—Hay que buscarse la vida. Tú eres fijo. Aunque negligente.

—Esto te viene grande —calificó el policía con actitud paternal—. Tú eres mejor espiando a *maríos* o persiguiendo a niñatos.

—Cádiz está de moda en la política. Aunque parezca increíble, a la gente le interesa lo que pasa aquí. Y a los escritores más.

—Aquí se sabe todo —zanjó el inspector—. Como yo sé que estuviste dando el cante revoloteando alrededor de Gómez. —Monguío esquivó a una anciana con carrito de la compra adosado—. ¿De verdad te parece discreto quedar en la plaza de Abastos?

—Tengo a un guardia rojo encima. Un *pesao* al que hay que dar coba. Aquí hay mucho ruido y parloteo, los micrófonos no graban bien.

—Pobrecito —se mofó Monguío—. ¿Qué micrófonos?

—Es un *poné*, una suposición para ti, que eres foráneo. Tengo que tener *cuidaíto*. ¿No te has *enterao* de que me han *dao* hasta en el carné de la biblioteca? ¿Que me han *echao* de mi oficina?

—¿Vas a pedirme escolta? Preocúpate por los que no se ven; los que se ven van a tiro hecho.

—Me sé manejar por Cadi, pero me gustaría que estuvieras al tanto por si me pasa algo. Y actúes en consecuencia.

—Denuncia.

—Tienen inmunidad gracias a ustedes. Esa misma que facilita echarles el marrón a tres pobres chavalitos. Como siempre.

—Esos tres son unos prendas. No han dado un palo al agua en su vida. Y llevan en la sangre el trapicheo. Coincidieron con Araceli en un antro de cocainómanos y chusma que abre de tres a diez de la mañana. Y que vamos a cerrar. Vieron que llevaba pasta y un ciego, o morazo como dirías tú, muy grande. No se lo pensaron.

—Sé que no le hicieron nada. Hablé con ellos.

—A día de hoy es el dato más fiable que tenemos. Olvídate de conspiraciones. Al CNI le importa un bledo Gabriel Araceli y sus batallitas.

—Júramelo por tu madre.

Monguío lo fulminó con la mirada.

—Ella es el objetivo —aseguró.

—¿Y el arma homicida?

—Lo que se le suele llamar «objeto contundente».

—Una espiocha, ¿no?

—La estamos buscando. Pero cogieron lo que tenían a mano. En ese solar se sabe que había chatarra.

—Querido servidor público: ¿qué atracadores malignos llevan un martillo para dar un palo?

—Especulaciones. Yo tengo hechos. ¿Por qué crees que estoy aquí contigo?

—Para darme la charla por molestar y tocarle los huevitos a Julio Gómez.

La mirada de Monguío se ensució con un insulto velado. Reincidió en el plegamiento alpino de su ceño.

—¿Qué pretendes molestando a concejales de la oposición? ¿No sabes que tus vigilancias pueden dar al traste con investigaciones más serias sobre gente corrupta? Te recuerdo que lo que haces es ilegal. Y te prometo que, como no lo dejes, te empapelo y te dejo sin licencia.

—Soy un trabajador de seguridad de la coalición —afirmó con orgullo inédito.

—Y yo sirvo al Estado.

—Está feo decirlo, pero un trabajador del Estado al que sirves, llamado Pérez, os ha puesto al día de todo lo que ha pasado en Poder Popular. Lo que no sé es si ha llegado hasta otros despachos.

—Te estás convirtiendo en un incordio. Y a los incordios se les quita de en medio.

—Me debo a mis clientes. En cierta medida, son los mismos que los tuyos, ¿no, inspector? El pueblo de Cádiz.

—No me toques los cojones, Rafael. Que te empapelo.

—Tú los tocas deteniendo a militantes políticos en momentos de crisis y crispación como el que vivimos. Fabricando informes tendenciosos.

—Los militantes iban a cometer un delito. Los pillamos justo a tiempo. Hicieron pintadas en la sede de Cartago.

—Las escribieron en latín. ¿Eso no rebaja las penas?

—¿Tú eres tonto?

—¿Y tú solo cumples órdenes? Si quieres, puedes seguir acumulando eufemismos.

—Siempre tengo que decirte estas cosas. Pero déjalo.

—Tirar del hilo nunca fue del agrado de nadie.

—Araceli era muy útil para las líneas maestras de la oposición. Iba a romper la coalición. ¿No crees que eso les interesaba tanto a Gómez como a Cartago? Pero tuvo la mala suerte de encontrarse con tres indeseables. Iba a comenzar la ruptura. Qué mejor perspectiva para alguien que, según tú, persigue y vigila a los activistas. Elizondo y Pecci colaboran en la operación de la oposición. Se acabó el desgaste. Y las peleas internas. El «cambio». Habrá moción de censura. Se ha presentado ya. Gómez está en el ajo.

—¿Y tú? ¿Con quién estás?

—Yo solo soy un policía.

—¿No has sucumbido a los encantos de la alcaldesa?

—Defiendo la ley. Y tú te la estás saltando por creer en ella.

—Claro, los gobiernos pasan —entonó irónico—, la policía permanece. Hay justicia.

28

Pasiflora

Esther Amberes recibía las ofrendas de cariño y los comentarios apasionados de varias ciudadanas que la habían cercado después del acto en el que se presentaba el Plan de Salud del Ayuntamiento a la prensa. El surtido de miembros del Consejo de Poder Popular parecía envidiar, desde la grada, aquellas espontáneas muestras de afecto que nunca podrían concitar. Bechiarelli situó a las seguidoras dentro de las votantes de la tercera edad de la facción cariño abuelístico. Esther les preguntó y escuchó. A Bechiarelli le intrigó el mecanismo que producía ese furor oracular de la alcaldesa y que era inversamente proporcional a la impaciencia de varios burócratas que despreciaban aquellas pérdidas de tiempo.

—Ten mucho *cuidaíto*, hija.

—No te achantes.

—Estamos contigo.

Mientras Esther se despedía con dos besos a cada una, entrevió al detective apoyado en una farola isabelina junto a un naranjo en flor que había dejado caer su fruto amargo al adoquinado. La imagen de aquella naranja aplastada dejando escapar su zumo la turbó. La alcaldesa se enfrentó al detective invadiendo la Polonia de su espacio vital.

—¿Pérez?

Esther olía a un perfume que Bechiarelli no supo determinar porque no tenía ni idea de colonias ni aromas.

—¿No te dijo el ministro que de eso nada de nada?

Esther le mantuvo la mirada y esperó a que continuara.

—Sé de buena mano que no fue un robo.

Algo se apagó en el rostro de la alcaldesa.

—Tres chavalitos de marcha pasaron por el solar y se llevaron la cartera y el móvil. Reafirma tu teoría. No fue un robo. Convéncete de que, si hay conspiración, es interna. —La convicción en la voz de Bechiarelli contrastaba con su tono de confidencia—. Sus últimos contactos son todos en contra de Poder Popular y contra ti. Eso le interesaba a la oposición para montar la moción de censura. Era un traidor.

Esther parecía digerir la información como si los platos del menú del día fueran ruedas de molino.

—Háblame de la oposición y la moción —zanjó Esther levantando un muro en el Berlín que compartían.

—¿No te han llegado los informes?

—Bocalandro me los dio. Muy bien redactados. No sabía que escribieras tan bien.

Bechiarelli recibió el cumplido con un pavoneo modesto.

—Gabriel Araceli se encontró con Manolo Nogales antes de que lo *atracaran*. En un *after*. Y hay manteca para que lo hubiera ejecutado.

La alcaldesa parecía asumir una información que le desmontaba definitivamente la teoría de la conspiración.

—Manolo —dijo como prólogo de un tema espinoso que parecía incomodarla—. No puede ser.

—Es lo que hay.

—El caso de Manolo es una tragedia, un mosqueo por tonterías.

—Le tenía celos por los consejos que te daba, ¿no? Por la guerra del Consejo Ciudadano y por defenderte de los insultos de Gómez. Araceli en plan Stalincito le montó un sainete

171

de robos y lo echó. Justo cuando te dejó por una más joven y tú rompías la disciplina de lo pactado para un Consejo a su medida e intereses.

—Tuvimos nuestras diferencias.

—Como en la forma del despido, ¿no?

—A veces hay que hacer cosas feas. No sabes cuánto lo lamento. ¿Por qué? Metió la pata en el pleno de los presupuestos y amenazó a Gómez. Sé que hay algo del pasado que se removió. La prensa se nos echó encima. Otro escándalo.

—¿No hiciste nada? ¿No lo defendisteis?

La expresión de Esther transmitía que aceptaba y asumía todos los errores de una gestión interesada de los afectos políticos.

—Reconozco que Manolo se mosqueó por nuestra gestión del juicio. Nos apartamos de él porque acaparó portadas y nos acusaban de ser violentos. Había que hacer algo. En eso, Gabriel y Marga presentaron pruebas de que estuvo robándole al partido material y herramientas. Yo nunca me lo creí. Se le expulsó. Él dejó un rastro de infamias. Lo de siempre. Que si no le hacían caso, que lo habían manipulado, que había sido engañado. Esas que tanto gustan a la prensa y que alientan con entrevistas y cifras de purgas. En política la gente va y viene, sobre todo aquella que no pretende ser profesional sino servir a su gente. Y Manolo se equivocó.

—¿Todo fue cosa de Gabriel?

Esther asintió mirándolo a los ojos. Bechiarelli admiró el pragmatismo amberesista perfilando el ajuste de cuentas y la lista de agravantes.

—Manolo no es un asesino. Y debe estar aquí con nosotros. Volverá —dijo como un augurio—. Estoy segura. Te pediría que no tires de ese hilo porque removería a la prensa y no sabemos el alcance que puedan tener unas declaraciones explosivas e infladas de un exmilitante. —El imperativo de Esther fue directo.

—¿Dónde está escondido Manolo Nogales? Es como si se lo hubiese tragado la tierra.

—¿Y tus heridas? —Esther observó de cerca su rostro.

—Mejorando.

—¿Cómo estás en el piso?

—Como un camarón fuera de la poza. ¿Sabes lo que te digo?

La comparación sacó una sonrisa a la alcaldesa.

—Toma pasiflora —recomendó como si fuera una curandera de las vicisitudes modernas.

—¿*Soqué-e?*

—Para la ansiedad, para dormir y para el nerviosismo. ¿Necesitas algo más?

Bechiarelli agachó la cabeza como si esperara a que uno de los hilos de la marioneta de percha se tensara. «Saber que no me siguen cuando doy seis vueltas antes de subir al piso, dejar de fijarme en la gente que pasea despacio junto al portal, que amaine el miedo a que me den una *mojá* así de sopetón. El acojone cotidiano, ese que había abierto la cuneta de aquel otro miedo que había heredado como una propiedad invisible durante tantos años. Volver a mi sitio, a mi oficina, como un cachito de lomo se mete en manteca. Necesito un abrazo de mi madre y un poquito de jamón del bueno», se dijo, y se forzó a erguirse para hablar.

—Quiero que me pagues las vigilancias con un plus de peligrosidad. Eso *pa empezá* —bufó—. Luego no estoy muy conforme con eso de que yo trabajo para el Poder Popular. Trabajo para ti. Me llegan las suspicacias de tus compañeros y me acusan de que los estoy investigando. De alguna manera, la muerte de Gabriel Araceli te favorece. Aparte de zanjar tu separación sentimental. Te deja libre el camino en Poder Popular, pacifica los frentes internos, puedes negociar con Gómez los presupuestos. Y hasta meterlo en el gobierno. Y así dejar atrás la moción de censura. Sí, sé que es una putada. Pero.

Esther lo observó como si fuera a purgarlo como enemigo del pueblo.

—¿Qué sabrás tú de lo que a mí me favorece? ¿Me estás explicando lo que yo vivo cada día?

Un ujier la avisó de que la agenda mandaba sobre sus tiempos.

—He hablado con Antonio Pruna —dijo Esther con desánimo.

Bechiarelli abrió los ojos como si quisiera escuchar también por ellos.

—No quiere ceder. No va a ceder. Quiere tu cabeza en una bandeja.

29

Si no se puede cantar carnaval, no es mi revolución

Se sentó en la terraza cansado de dar rodeos para despistar a esos supuestos perseguidores. El arrastrar metálico de las sillas de aluminio le puso nervioso. Sabía que no se encontraba bien en aquellos espacios abiertos de Puertatierra en los que se dibujan bloques de pisos, bares impersonales, franquicias, pequeños comercios. Echaba de menos las diecisiete varas de altura estipuladas de aquellos viejos edificios con casapuerta, las azoteas, las accesorias, los patios con macetones y aljibes, los locales podridos de soledad y crisis, las esquinitas meadas, los baches que siempre habían sido baches desde el siglo XVIII. «Para, Rafaé, que estás peor que en el exilio de verdad.»

En la lejana televisión del bar apareció Mario Cartago en rueda de prensa. Estaba anunciando el pleno para la moción de censura. Sonreía. Juanelo se presentó en la terraza después de saludar al camarero con un *quejío*.

—El Nogales ese parece un terrorista, *pisha*, no hay quien dé con él. He *preguntao* en *tos laos*.

Las cualidades rastreadoras de Juanelo siempre eran una garantía de hilos de los que tirar. «Pero nadie es infalible», se dijo Bechiarelli. Señaló a la televisión.

—Lo del cambio se acabó.

Su amigacho le dedicó tres segundos a la rueda de prensa.

—¿Por dónde queda tu pisito?

—¿Quieres subir?

—Es *pa* ver si tienes ducha, *pisha.*

Levantaron el campo con el insulto velado sobre la higiene del detective. Entraron en la portería y el ascensor se los tragó. El detective le dio paso después de probar tres llaves en la cerradura. Juanelo recorrió el piso franco calibrando la calidad de la solería, paredes, rodapiés y puertas. Mientras, Bechiarelli manufacturó un *macafly* y lo encendió.

—Buenos pisos. ¿No hay nadie?

—Solo yo —dijo afligido—. De refugiado. Y lo que me *quea.*

—Hazte fuerte, Rafaé. Llama al diario y a media docena de esa gente con la que trabajas, esos que no han *dao* un palo al agua en la vida.

—¿Y tú sí?

Juanelo desafió a Bechiarelli:

—Yo me he *jartao* de *currá,* ¿eh? —Lo señaló con el dedo y extendió las palmas—. Mira las manos: *¡curtías!*

Bechiarelli le echó la ceniza del *macafly,* pero los reflejos de Juanelo evitaron que se posara.

—Habla con la Esther. Pídele, como al Nazareno. Ve a un pleno y dilo allí.

—Me dio esto —dijo abarcando el piso como si hablara un pequeño propietario arruinado—. Y Pruna no quiere ceder.

—Habla con el abogado ese que es amigo tuyo. ¿Cómo se llama? ¿Terrón?

—No puedo. Me recuerda lo de su hijo.

No atendió al timbre porque era un sonido extraño, no estaba acostumbrado a que sonara y a que hubiera alguien esperando que no entreabriera la puerta para ver si estaba. Viejos hábitos. Cuando el dedo del visitante se había quedado pegado en el pulsador, Bechiarelli se levantó del colchón y abrió la puerta. Allí apareció Bocalandro mirando las otras puertas del descansillo.

—*Home,* el…

Se le volvió a encallar el mote que aspiraba a usar para su carabina política, ese apodo que nacería de la maldad para resaltar algún defecto o circunstancia y que luego se convertiría en una manera entrañable de llamarlo cuando el apodado hubiera asumido el sobrenombre como algo propio.

Bocalandro acusó el tufo a grifa del piso, palmoteó el aire en un gesto que Bechiarelli calificó de «crítico» y entró.

—Tienes mejor la cara.

—Tú no.

El recién llegado encajó el trompazo verbal con oficio de *sparring.*

—Menos mal que vienes, *pisha* —dijo con guasa el detective—. Que no hay quien te vea. ¿Qué? Flojeando, ¿no?

—Te estás dejando llevar. —Bocalandro le dedicó una mirada de odio controlado—. ¿Quieres que le dé un informe malo a tu jefa de ti?

—¿Este es tu pinche ahora? —intervino Juanelo.

—Roberto Bocalandro.

—Juan.

Manos que se estrecharon.

—Me suena tu cara. ¿Tú no eres el que está en Loreto en la asociación de vecinos? —preguntó Bocalandro—. El que está haciendo cosas con el carnaval y los chavales del barrio.

Bechiarelli abrió la boca como si fuera un túnel de sorpresa.

—Juanelo, ¿qué? —lo interpeló Bechiarelli con guasa—. Si no se puede cantar carnaval, ¿no es tu revolución?

Su amigo respondió enseñando el pulgar hacia arriba con una urbanidad inaudita para el de Loreto, según el código habitual que compartían.

—Te la da *mortá* el señorito este, ¿no? —Señaló con la cabeza a Bechiarelli—. ¿Te ha *invitao* a desayunar o a comer? Seguro que no.

—Qué va. Nada. Ni un mísero café.

—Es un sarna.

Bechiarelli contemplaba anonadado aquel complot, *complú* en el acervo gaditano, de sus dos Watson portátiles. Un contubernio loreto-masónico que no estaba dispuesto a tolerar.

—Yo me voy a cagar en cuantos muertos tenéis ustedes dos.

—El otro día le dio un blancazo con lo de las amenazas —recordó Bocalandro—. No *vea*.

—Es una cagona.

—Venga, largando de aquí a tocarle los cojones a otro, carajo —declaró un Bechiarelli enfadado señalando la puerta.

—Tengo un nuevo encargo de Esther. Es urgente.

—Ya di todos los informes. ¿Dónde está mi cheque?

—Mañana es la moción. Necesitamos seguridad encubierta para evitar altercados. Te necesitamos en el salón de plenos.

Bechiarelli bufó como si todos los vientos de las orquestas concienciadas del mundo necesitaran de su soplo para que sonaran las notas de *La Internacional*. Se rascó la frente y negó con la cabeza. La moción de censura no era su mejor plan, prefería pasear por la tarde de primavera sin la sombra de sus perseguidores. O sorber los primerísimos caracoles de la temporada.

—Me pagaréis por el *chapú*, ¿no? —exigió Bechiarelli.

—Eso lo hablas con Esther —zanjó Bocalandro.

Bocalandro sacó su móvil y buscó un vídeo. Tardó un ratillo en encontrar el momento en que un cuarentón carcomido por la miseria, con ojos suspicaces y posible acumulador de adjetivos sobre la maldad innata de los parias, tomaba la palabra:

«Sois todos unos cabrones. Yo me muero de hambre. Dictadores. Nos morimos de hambre. No tenemos casa. No tenemos trabajo».

—Esta gentuza tiene pocos argumentos —comentó Bocalandro.

Bechiarelli lo fulminó y quiso censurar con un cate educativo el comentario de aquel sentido común que no veía víctimas ante las necesidades fundamentales de la gente.

En el vídeo, los discursos dieron paso a los gritos, a los insultos, a la tensión, a los llantos. Y a la intervención de la Policía Local. Esther ordenó el desalojo. Tras veinte minutos de forcejeos y de acusaciones, visionaron el encuentro entre los saboteadores y Araceli, que cruzaba el salón de plenos para salir al pasillo.

—Esos son. ¿Ves? —Bocalandro pausó el vídeo y los señaló en la pantalla—. El tipo canijo este y el otro.

—No se ven bien.

Bechiarelli se acercó a la pantalla. Se envaró. Le recorrió la espalda todo el hielo, también llamado «nieve» en la lonja de Cádiz, de las cajas de pescado de la Bahía. Abrió los ojos y observó a Juanelo como si le hubieran dicho la contraseña para sacar dinero de la cuenta suiza de un político corrupto.

—¿Qué te pasa, Rafaé? —dijo Juanelo.

—*Dio, pisha,* ¿cómo he *podío* ser tan carajote?

—¿Quién? —preguntó desorientado Bocalandro.

—Es el vigilante de la obra, Juan. El Larri.

30

La cena de los sacerdotes y levitas

Otra extensión en la pantalla del teléfono móvil. «*Cuidao* —se dijo—. ¿Querrán negociar? ¿Darme la carga? ¿Burlarse? ¿Felicitarme por mi celo?» Tardó cinco timbrazos en cogerlo.

—Bechiarelli al aparato —dijo con marcialidad y tensión en los fonemas.

—Soy yo —susurró la voz.

«Empezamos bien.»

—¿Quién carajo es «yo»?

—Yo —dijo como si el detective tuviera que reconocer su voz con un simple monosílabo.

—Perdona, *pisha,* pero no sé quién eres.

—Charo —dijo entonces como contraseña.

Bechiarelli supo que a Julio Gómez la conciencia le reconcomía. El tiempo había macerado la llamada para vomitar su culpa frente a un sicoanalista o un cura. O cobijaba bajo su traje de procurador franquista el dato clave para desenmascarar la trama Gabriel Araceli de una vez.

—Tenemos que hablar en un sitio seguro —afirmó Gómez.

—Del tirón.

—La Punta. En media hora.

Mayo y su puente se acercaban y habitaba en el aire una

suerte de alegría por la luz y el buen tiempo. El sol comenzaba a picar y había gente que pasaba las tardes en la playa. El tráfico aún incluía en el flujo de sus arterias la grasa de los padres llevando en coche a los niños al colegio, que degeneraría en un infarto mañanero. Las tardes se alargaban hasta la posibilidad de que nunca acabaran en un crepúsculo de goce y tranquilidad.

El camino a la Punta de San Felipe aparecía franco en la soledad de un día laborable y constaba de varias fases. La primera, adentrarse por aquel recinto para la juventud repleto de bares cerrados y pintadas; luego el paseo junto al Atlántico, que defendían una muralla de bloques de hormigón salpicados de pescadores y el ecosistema nocturno de los folladores de calle. Y la última era aquella recta que culminaba en un bar de terraza, montaditos y pesca nocturna.

Gómez apareció en el aparcamiento con un cuatro por cuatro blanco reluciente. Se bajó embutido en un traje de alto comisionado de las Naciones Unidas de Cádiz. Bechiarelli engulló el dobladillo de caballa, dos filetes de caballa con mayonesa y una rodaja de tomate apresado entre dos rebanadas de pan, y apuró el culo de la cerveza. Pidió factura para justificar el aperitivo. Gómez alcanzó la terraza y miró desconfiado al camarero y a un pescador con gorra que se acodaba en la barra mientras hablaba de *carná*, aparejos y ranchos. Bechiarelli lo observó, asintió y se levantó. Subieron a la muralla, donde los esperaba el farito que marca la entrada a la bocana del puerto. Olía a *carná* podrida y a noches en vela pescando.

—¿Estás seguro de que no nos escucha nadie?

—Habla ya, carajo —escupió un Bechiarelli malaje—. Tanto misterio.

Bechiarelli frunció los labios y miró el mar como los habitantes de aquel barco varado en el Atlántico llamado Cádiz lo interpelaban con ese aire de marineros y vigías: siempre esperando algo.

—No tengo nada que ver con Nogales. No sé dónde está. Te

lo juro, Rafa. Todo es un montaje, ruido. La guerra no era con Araceli. Te lo aseguro. Para muchos, Esther es muchísimo más peligrosa. La odian cuando la ven andando por la calle, yendo a los tornos de Astilleros, a los barrios a hablar con la gente, al Consejo de Hermandades o a las protestas de los sindicatos de policía. A enterarse de las cosas que pasan. La traición vino de dentro. Nosotros hemos manejado informes que salían de la coalición. Siempre nos hemos adelantado en la agenda política. Y casi todas hablaban de Gabriel Araceli. —Pausa dramática—. Querían apartarlo porque iba a destruir a Esther. Eso es así. ¿Por qué? Por su ruptura. Aquella noche, en la cena de la moción, se habló mucho del peligro que supone Esther, por su fuerza, su credibilidad, por el carisma que tiene. Porque es cercana y directa, del pueblo. Eso es algo que pocos tienen. Y ella lo sabe. A pesar de que la estén mostrando desnuda, tenemos Esther para rato. Nadie habló de Araceli como el enemigo público número uno. Nadie, Rafa, mírame. —Gómez le tocó el brazo y repitió mirándolo a los ojos como si lo jurara—. Nadie. A la gente que manda en esta ciudad se la sudaba Gabriel Araceli. Se quedó sin enemigos. Es más, iba a colaborar. Le insistió mucho a Pecci. Quería estar en la moción.

—¿Para qué? ¿No había líneas rojas?

Gómez miró el suelo lleno de colillas y de latas de refresco vacías.

—Eso son paridas para la prensa y la militancia. Araceli se convirtió en alguien útil para destruir a Esther. Como lo son Elizondo y Pecci.

—Pecci te quitó militantes. Se pasaron al otro bando. Te puteó.

—Pecci les salió rana. Sin quererlo, se llevó con él a la gente de su misma calaña. Trepas. Arribistas. Pablo Pecci se crio en lo peor de nuestro clientelismo. Una gran escuela. Y Elizondo, lo mismo. Gabriel Araceli le prestaba atención, y con eso a Claudio le valía para mantener su pulso, seguir en la brecha.

Yo fui el que le pasó los papeles a Elizondo para que destapara alguna de las mierdas del señor Pecci. Era una forma de hacer justicia.

—Y ahora sois amiguitos otra vez.

—Hay cosas muy importantes que resolver.

—Pecci quería chantajearlo —concretó el detective—. Con los asuntos de su suegro. Eso significa que guarda pruebas tuyas también, ¿no?

—Mira, ¿sabes cómo quitó Mario Cartago de en medio al antiguo alcalde cuando era su delfín? Con la guerra. Cartago mató políticamente a su padrino con unas filtraciones sobre gente que cobraba sueldos desmesurados sin aparecer por los despachos. Así se aseguró un perfil de servidor de la ley y tormento de corruptos.

—A tu padre no le tembló el pulso con Manolo Nogales. A ti tampoco.

—Aquel pleno fue muy tenso y le dije algunas cosas feas a Esther, lo reconozco. Pero dentro siempre de la crítica política. Su gente se puso nerviosa y empezó a gritarme cosas. Uno del público me amenazó: que a partir de entonces tendría que llevar escolta. Yo no sabía quién fue. Pero durante la suspensión del pleno, Araceli se me acercó. Me dijo que había sido Manolo Nogales. El mismo tipejo que acosó a mi padre.

—Un año de cárcel por una frase. Estupendo, Julito.

—Tú conociste a mi padre y sabes que era un buen hombre. Nogales le hizo la vida imposible y mucho daño. Solo se le podía mandar la policía o meterlo en la cárcel. Eso es así. ¿Estoy mintiendo? Sé que les llenaba la cabeza a los trabajadores con ideas de revueltas y luego se bebía lo que ganaba. Y luego me tocó a mí. Por eso lo denuncié y pedí cárcel. Es una cuestión de honor y de ley. Necesitaba un escarmiento. Un día Paco Martínez de Munguía me dijo que Manolo quería hablar conmigo y disculparse, que lo habían echado de la coalición por robar. Lo vi avejentado. Le dije que Araceli lo había señalado.

Bechiarelli se imaginó una puertecita pequeña abriéndose.

—¿Qué tiene que ver el suegrísimo con Manolo?

—Paco les dio trabajo en sus edificios a unos cuantos que habían ocupado una de sus fincas a cambio de que desalojaran. Haciendo chapuzas. Por pena. Y a Manolo, para captarlo como disidente. Podía colaborar con testimonios en la prensa contra Esther.

—¿Dónde lo esconde?

—No lo sé. Munguía tiene pisos por toda la provincia. ¿Sabes una cosa, Rafa? —Había sinceridad y perplejidad en el tono—. Llevo pensándolo desde aquella noche. Cartago y yo pasamos por el solar donde estaba muerto Araceli, a las tantas, después de la cena con empresarios. Entramos a mear. Pero no vimos nada. No lo vimos. Y eso me parte el alma. Podríamos haberlo ayudado —declaró como si hubiera encendido la última luz de la culpa en una lejana casa en mitad de la noche.

El edil socialista se dio la vuelta y se fue. Bechiarelli se quedó oteando aquellas tierras ignotas del otro lado de la Bahía.

31

La batalla de San Juan de Dios

Aquel lunes de abril los ediles comenzaron a entrar en el ayuntamiento en goteo institucional. Varios policías locales custodiaban el acceso a la casa consistorial y daban paso franco a los privilegiados con butaca encarnada, cuele o acreditación. Conducidos por extrañas convocatorias, escoltados por los rebaños de cruceristas y guías, los gaditanos iban petando lentamente la plaza de San Juan de Dios, donde los camareros, de brazos cruzados, comentaban la concentración con curiosidad. Aquellos cuyos bares daban sobre la plaza esperaban las plusvalías de las grandes *convidás*, tubos y jarras bajo el influjo de la transmisión televisiva.

En el sillón regio, junto al secretario, la ausencia de la alcaldesa. Los funcionarios ultimaban legajos y papeles. Con alegre alboroto de conversaciones entre balcones, se movían ligeras las sonrisas entre las señoras teñidas de modisto local que esperaban la caída de Esther. Como de palco a palco de un teatro, conversaban a gritos las damas y los señores, con las voces alteradas por la emoción.

Bechiarelli había cuidado la apariencia para su actividad vigilante. La camisa, la chaqueta de Bocalandro y los vaqueros le daban un aire de funcionario sereno. Bocalandro le había entregado un pase de prensa como salvoconducto que le dio carta blanca para moverse por el ayuntamiento, hacer pasilleo y husmear por las estancias municipales.

Cuando entró en el salón de plenos le llamó la atención el lucerío de las lámparas de cristal veneciano, los mármoles, los estucos, los frescos isabelinos, los leoncitos brillantes y los medallones con bustos de gaditanos ilustres. ¿Entraría el muerto en el salón de la fama de inmortales y mojosos de Cádiz? ¿Harían medallón a Araceli?

—Medallones, pero de ternera, carajo —dijo en voz alta con un ímpetu gastronómico que llamó la atención de un ujier ensimismado en sus cosas funcionariales.

Bechiarelli se sentó en una silla de terciopelo rojo y observó al escaso público que fue poblando el salón con la tensión de los militantes. Jubilados, una claque de Poder Popular, un grupo de los desempleados de Claudio Elizondo y el propio Claudio con las maneras de maestro rural de los parias. Bechiarelli imaginó el guion. Gritos, lío, acusaciones, una *performance*, un sainete político que acaba con el Ayuntamiento del cambio mediante una derrota histórica. Supo que los dos objetivos que se había marcado, el canijo de mala pinta y el Larri, aún no habían dado señales de vida.

—Habrá otra estrategia.

Antonio Pruna, acompañado por el funcionario de las amenazas y el perilla que le dio la paliza aparecieron en el salón de plenos con chulería. Parecían esperar la caída de Esther para descorchar botellas de champán y dar tiros al aire. Bechiarelli apretó las mandíbulas.

Militantes de Poder Popular vegetaban en el salón sin la concentración de pueblo, multitud, clase obrera o eufemismo parecido que esperaban los cubriera con cánticos contra la injusticia que se estaba cometiendo.

—La moción de censura es por odio —aseguró un militante.

—Esto es una pérdida de tiempo.

—Tendríamos que preparar el Primero de Mayo —juzgó un tercero—. Sin la clase obrera no vamos a ningún sitio.

En el imaginario culinario del detective, el militante había dicho «clase obrera» como si él hubiera pronunciado «bogavante».

En San Juan de Dios, cada vez más apretados y sudorosos, los gaditanos esperaban un espectáculo que había sido organizado para ellos. Era una función de gala para los votantes, a cuya pompa se habían sacrificado todos los editoriales, columnas de opinión, reportajes y anuncios de la prensa local. Porque esta vez la letra entraría con fuego y moción, y no con sangre.

De pronto, todas las sonrisas se cerraron a un tiempo. Hubo un gran silencio. Con un sencillo traje, Esther avanzó hacia el sillón con la seriedad fatal de saberse condenada. Los ediles fueron llegando a los escaños con gesto serio. Solo Mario Cartago sonreía.

Era un cincuentón de papada y pelazo que mantenía una vivacidad en los ojos con los que convencía a los jubilados de que lo votasen. Se había pasado diez años a la diestra del antiguo alcalde, un funcionario del Estado que había vivido más en las dependencias del ayuntamiento que en su segunda residencia en El Puerto. Y a la siniestra, por el trabajo sucio que el edil resolvía. Cartago fue nombrado sucesor y fue el candidato ideal para la Continuidad. A falta de dos asignaturas para terminar Derecho, imputado un par de veces por malversación, criado en las filas del liberalismo cerril, había encanecido desde los despachos. Cuando se descubrió que la empresa de su hermano había recibido una cantidad ingente de dinero municipal por contratos públicos afirmó: «Es una campaña burda para que esta ciudad deje de ser una ciudad de bien».

Se conformó la mesa, y el secretario leyó todos y cada uno de los documentos para dar comienzo a la moción de censura, con un gesto de oficinista gris de los que salen en los cuentos fantásticos pero sin la suerte de que le sucedan cosas extraordinarias.

—En la ciudad de Cádiz siendo las doce horas se reúne el pleno de la Corporación al objeto de celebrar sesión extraordinaria, que ha sido legalmente convocada en cumplimiento de lo establecido en el artículo 197.1 de la Ley 5/1985, de 19 de junio, del Régimen Electoral General, con un único punto en el orden del día.

Varios focos de indignación explotaron en la platea. Tres parados del clan Elizondo se levantaron y comenzaron a gritar y a señalar desafiantes a la corporación. Esther se acercó al micro y comenzó a apaciguar a los desempleados.

—Tranquilos, que acabamos de empezar.

En cuanto aparecieron cinco agentes locales comenzó una educada reducción y expulsión en la que se leía que el cuidado policial era una rutina directamente proporcional al aumento del hartazgo y la indignación de los protestantes.

—¡No nos podéis echar otra vez!

Bocalandro se acercó a los focos del fuego indignado y trató de apaciguar los ánimos. Les pidió que salieran del salón para evitar males mayores.

—¡Ya nos echasteis!

Julio Gómez observaba desde su escaño el altercado con la curiosidad del que confía que le toque en la lotería de la algarada una amenaza o algún insulto. Pero no llegaban.

—¡Queréis meternos en la cárcel!

Mario Cartago consultaba el móvil con el rictus aburrido del que espera su turno en la carnicería mientras tecleaba en su foro interno un irónico: «Disfruten lo votado». Bechiarelli no alcanzó a saber si la protesta era a favor o en contra de la moción.

Claudio Elizondo se levantó y comenzó a apaciguar a las tropas, que concentraban su discurso en responder a la paciente voz de Esther, que pedía silencio, tranquilidad y que siguiera el orden del día. Claudio, con la mano libre de la carpeta con papeles, los agarraba del antebrazo y les susurraba palabras de calma.

—¡El hambre! —gritó uno de los parados que se resistía a salir del salón—. ¡El hambre que pasa Cádiz! Eso es lo que hay que *arreglá,* carajo. No quién se sienta en el sillón.

El grito de Elizondo al parado fue una orden que sobrepasaba y rompía con toda la paciente parafernalia de mediador de suaves maneras que había estado desplegando.

—¡Illo, así no!

A Bechiarelli, enfrascado en una tensión silenciosa que había desbordado toda previsión de seguridad y que lo había agarrotado en la silla, le pareció la orden de un mando ante la locura indignada de uno de sus soldados. Claudio Elizondo comenzó a pasearse como un mariscal de campo por la moqueta, con la carpeta pegada al pecho como un funcionario de la protesta. Consolaba y tranquilizaba a sus parados, que ignoraban las educadas órdenes de los policías locales y seguían debatiendo solos frente al silencio de los escaños.

189

Esther ordenó que el procedimiento siguiera. El secretario continuó con la lectura hasta que, en un brote de ósmosis encolerizada, Elizondo saltó el blando cerco policial y ganó el centro de la sala. Allí, señaló a Esther y aleccionó a los concejales con un monólogo sobre la ética del funcionariado que lo estaba desalojando:

—Esta policía me conoce y usted también la conoce. ¿No sabe que fueron ellos los que me detuvieron y me trataron como una mierda? ¿La moción también es para cambiar a la policía?

—Tranquilidad, Claudio, por favor —le pidió Esther.

La *performance* era pantagruélica en los gestos teatrales del enfado. La llamada a la calma por parte de la alcaldesa se repetía pero no lograba aplacar las iras. Esther estuvo tentada de suspender la sesión tras cinco minutos de idas y venidas del profeta de la carpeta, de los alborotadores y el pastoreo de los policías.

—¿Vais a cambiarlos?

Dos policías lo conminaron a que saliera del trance y del salón. Con un gesto de teatralidad excesiva, Elizondo se negó. Eludió las manos que querían encauzarlo hasta el arroyo tranquilo de la salida.

—¡Ya puede venir un ejército! —gritó moviéndose por el escenario de su sainete haciendo aspavientos.

—Silencio, por favor. Claudio, salte y ahora entras más tranquilo —recomendó Esther.

Como si se tratara de una mercancía valiosa, la Policía Local rodeó a Claudio Elizondo y lo escoltó hasta la salida. Fue en ese momento cuando las rubias teñidas comenzaron a lanzar invectivas contra la alcaldesa.

—¡No nos merecemos estos escándalos!

—¡La chusma debe salir del ayuntamiento!

—¡Dimita!

La alcaldesa pidió desde los micrófonos orden y silencio. Bocalandro suspiró como si quisiera desinflarse tras encontrarse con otro foco de algarada.

—Me acaban de decir que la gente viene *parriba* —le dijo al oído a Bechiarelli.

—¿Cómo? —preguntó mientras vigilaba los movimientos de las falsas rubias y sus resistencias a la Policía Local.

En las crónicas periodísticas se afirmó que había cuadros y dirigentes organizando a la masa, que todo respondía a una coreografía populista. Pero, a ciencia cierta, nadie sabe cuál fue el momento en el que se decidió entrar en el ayuntamiento e irrumpir en el salón de plenos como una ola de aquel tsunami o maremoto que anegó las calles de Cádiz en 1755. En las fotografías no se veía a ni un solo cargo, dirigente o cuadro. Era gente anónima. «Una turba incontrolable», que podría describir el supuesto novelista de los nuevos *Episodios nacionales* que Bechiarelli se había inventado. Fosotti se preguntó en su columna cómo era posible que se hubieran puesto de acuerdo sin consignas previas, de dónde salía la determinación. Veía en la algarada la mano invisible de los radicales y los organizadores. Algunos testimonios afirmaban que en la plaza de San Juan de Dios se había gritado: «¡Entremos!», pero en realidad el grito fue: «¡*Pa entro!*».

La Policía Local, como si pretendiera detener un oleaje con las manos, no había podido contener el optimismo caminante de los que entraban por la puerta. El ambiente era de decisión. No habría virgen que parara aquel maremoto. De igual manera que el coro de la comunidad responde al sol de la fiesta, los ciudadanos gritaban consignas. Con el ímpetu mesiánico de las marchas históricas, aquel río anegó el vestíbulo, el patio alfombrado, las escaleras, los pasillos, avanzando hasta el salón de plenos. Los funcionarios se apartaban como si la marcha fuera imparable y se quedaban como boyas señalizadoras en mitad de un brazo de mar que recuperaba lo que los rellenos le arrebataron para la edificación de las corruptelas.

Las puertas de caoba del salón de plenos se abrieron. La ciudadanía irrumpió como una ola ante el pasmo de los ediles, concejales, espectadores, parados indignados, falsas rubias, funcionariado y prensa. Como si la puerta fuera el vomitorio de una grada del estadio municipal un día de victoria. Refulgían las sonrisas. Se oyeron palmas a compás. Había niños en los hombros de sus padres. El flujo llenó el salón con rapidez. Cada centímetro cuadrado estaba repleto, los cuerpos se comprimieron hasta el límite. Bechiarelli y los personajes del sainete se encontraron atrapados por aquella bulla digna de las calles en Carnaval. Alguien comentó que el suelo podría hundirse de un momento a otro. El detective recordó aquello que su abuela Angelita la Papona decía ante las multitudes: «Aquí hay más gente que el día que enterraron a Bigote».

—¡Nosotros somos el Ayuntamiento! —gritó uno.

—¡Cartago, cabrón! —se animó otro.

—¡Al carajo la moción! —rimó un poeta.

191

La ola se detuvo al borde de los escaños bajo la contención de muralla de arena de tres policías locales. La marea ciudadana convirtió a la corporación en una playa sucia de miradas asustadas, dedos señaladores, discusiones fuera de micrófono. Desde la presidencia se podía ver que había gente más allá de las puertas de caoba.

—Esto es un golpe de Estado —se escuchó decir a Mario Cartago, que se había incorporado para ganar la altura del escaño y de la autoridad moral.

Atrapado entre jubilados, Bocalandro sonreía como si aquello fuera obra suya. El afán moderador de una Esther paciente y conciliadora encontró muchos aliados que pedían silencio y compostura, como en los previos al pase de una comparsa puntera en una sesión del teatro Bankin Falla.

—Illo, sin *insurtá*.

—*Amoscuchá* —ordenó una mujer.

—¡Nosotros somos el Ayuntamiento! —repitió un jubilado.

—¡Callarse, carajo!

—¡*Amoscuchá*!

—Por favor, queridos ciudadanos: deben desalojar el salón de plenos. Les pido por favor —rogó Esther.

Pero allí no se movió nadie. Pasaron dos minutos de conversaciones y pequeños cónclaves. El aire empezó a cargarse de apretujamientos de autobús en hora punta, de la tensión eléctrica que emergía de aquella multitud.

—Siga leyendo —ordenó Esther al secretario.

El funcionario continuó con la lectura del documento como si el procedimiento fuera inmune a las interrupciones, a los imperativos de silencio y a los siseos. El silencio era como un castillo de naipes que milagrosamente se mantenía de pie en una levantera.

De repente, como si saliera de una pequeña puerta, un hombre irrumpió del angosto bosque de cuerpos. Se plantó en el estrado desde el que hablaban los ciudadanos. El cincel de la vida le había labrado un rostro duro que subrayaba un bigote cano, una camisa gastada y un vaquero lavado cientos de veces. Llevaba en la mano un martillo. «¿Qué va a hacer, por mi *mare?*», se preguntó Bechiarelli. El intruso se colocó en el estrado y golpeó con el martillo la caoba brillante. El secretario detuvo la lectura.

—Señora alcaldesa, siento interrumpir pero ustedes —se dirigió a los escaños de la oposición— nos tienen que escuchar. Nos tenéis que hacer caso.

Sin acceso al micrófono, Esther aclaró que no era el momento de intervenciones de los vecinos. Los tres policías locales lo rodearon. El hombre tuvo tiempo para golpear varias veces con el martillo como un juez y pedir silencio. Y dar su veredicto.

—Sois todos lo mismo. Mientras nos morimos de hambre, sin trabajo, ustedes aquí, haciendo el teatro este. Poniéndose de acuerdo para salvar sus muebles. Venimos a parar la moción porque ¿quién hizo realmente la confluencia? Nosotros. ¿Quién hizo a Esther alcaldesa? Nosotros. ¿Quién tiene realmente el poder? —aulló como un profeta malhumorado—. Esto es un martillo, ¿lo veis? Un martillo que no clava puntillas no es un martillo.

Uno de los agentes le agarró la muñeca y le bajó el brazo a pesar de la resistencia temblona. La multitud comenzó a gritar. La Policía Local sitió al hombre y, como si quisieran desviar el curso de un río que bajaba turbulento por las lluvias del hambre, el paro y la miseria, le solicitaron que volviera a la masa con la suavidad de las palmas abiertas. El hombre reculó como si fueran leprosos en una suerte de mar Rojo que se abría a su paso mientras les gritaba y señalaba al pleno. Desapareció entre la masa que sepultaba a su paso el túnel de su huida.

—¿Quién coño es ese? —le preguntó Bechiarelli en un susurro a Bocalandro.

—Es Manolo Nogales.

Bechiarelli se levantó como si hubiera oído las palabras mágicas. El soldador desconocido, el desaparecido, el fantasma.

—Su puta madre. ¿Qué coño hace aquí?

—¡Me podéis expulsar pero no nos vais a callar! —gritó Nogales desde algún lugar de la multitud.

«El martillo», dijo para sí mismo Bechiarelli comido de rabia.

—Queridos vecinos —anunció la alcaldesa—, deben abandonar el salón de plenos para que podamos continuar con el orden del día. Les ruego que salgan.

Pero allí no se movió nadie.

—Se suspende el pleno media hora —afirmó Esther ante el micrófono.

La multitud no quería separarse. Parecía fundida como una pieza.

32

El torrente de hierro

*B*echiarelli había comenzado a avanzar por la orilla de aquella muchedumbre que colmó el salón de plenos como un relleno de democracia directa. Se tropezó con una silla de terciopelo, vadeó a varios funcionarios. Despegó cuerpos para colarse por el escaso hueco que excavaba. Se deslizó, trazó diagonales hasta llegar a la puerta. Fuera la aglomeración era idéntica. Buscó a Nogales entre el gentío del pasillo. Se puso de puntillas husmeando su rastro. Intentaba aplacar su aura de madero o secreta con un flujo de «perdona», «lo siento», «disculpa», a medida que iba avanzando con la determinación del que tiene un compromiso ineludible que lo obliga a pasar por allí. Se asomó al mar de cabezas. Vio a Nogales bajando las escaleras. Entre un grupo de puretas. Fumaba con el descaro de las situaciones de emergencia. Quizá le llegó su energía desplegada, porque el soldador giró la cabeza y vio a Bechiarelli avanzando como una amenaza.

—¡Manolo!

El detective empezó a fintar, a marinear, zambulléndose entre aquel brazo del mar que había anegado el ayuntamiento. Nogales no lo dudó. Tiró el cigarro y enfiló la salida. Bechiarelli lo perdió de vista. Temía que pudiera escurrirse por una calle aledaña. El detective conquistaba metros entre los cuerpos con sus disculpas y regateos. A su paso dejaba una estela de indignación y de quejas. Ya en el patio distinguió a Nogales entre el flujo de la izquierda. Bechiarelli rompió un grupo de mujeres, que lo insultaron por la bulla y la inercia que llevaba, pidió permiso a camareros, cajeras de supermercado y a un grupo de limpiadoras. Luego se detuvo ante un grupo de jubiladas con pancarta que cantaban estribillos reivindicativos. Las rodeó. Pensó que a Nogales le estaría pasando lo mismo. Pero se movía como Mágico González driblando contrarios al borde del área. Hubo un intento de agarrarlo por el brazo. Un empujón. La pinza de un indignado. Pero Bechiarelli se desgajó del agarre y siguió avanzando. Desesperado. Como si lo hiciera por una selva de cuerpos y el machete fueran sus manos que apartaban a parejas, a trabajadores, a funcionarios. En el vestíbulo Manolo se giró. Él siguió zigzagueando. Interrumpiendo conversaciones. Rodeando carritos de niño, grupos de jóvenes y de albañiles. Estaban alcanzando la cola del gentío ya en la puerta del ayuntamiento. Bechiarelli chocó contra un armario empotrado que lo detuvo en seco. Cuando salió a la plaza de San Juan de Dios lo había perdido. «¿Dónde carajo estás, Manué?»

—*Cagón to.*

33

Malleus maleficarum

*P*reguntó en los bares cercanos al ayuntamiento, en el menudeo de las esquinas, en las tiendas, en las pastelerías, en las franquicias. Ganó la plaza de la catedral y la peinó a pesar de los cruceristas.

—Su puta madre.

Manolo se había esfumado otra vez demostrando sus habilidades ante las persecuciones, las vigilancias. El detective había perdido en la caza del mesiánico que era capaz de perderse en las catacumbas de un Cádiz subterráneo.

Media hora después, cuando se había pateado todo el Pópulo y regresaba por la calle Fabio Rufino, lo vio esperándolo, desafiante, en la puerta de un bar. Como si esperara al destino o la oportunidad.

—Manolo —dijo como una palabra mágica.

A Nogales la mirada se le llenó de antidisturbios. Bechiarelli, con la respiración encendida, se tensó aguardando otra persecución, pero Manolo se metió en el bar Coruña, donde la enorme televisión retransmitía el pleno de la moción y los parroquianos buscaban en la multitud caras conocidas.

—¡*Ira*, ese es mi primo!

Nogales, apoyado en la barra, lo enfrentó con la mandíbula levantada. El detective dio un paso más hacia delante y recordó el rostro que acompañaba a Gabriel Araceli en el póster electoral.

—Sabajanes me avisó. Me dijo que me estabas buscando. ¿Qué quieres? —Le puso el dedo índice en la pechera.

Bechiarelli dio dos pasos hacia atrás en un clásico del ballet leninista.

—La cosa es que me suena tu cara.

—Yo era colega del Nandi, ¿no te acuerdas?

Manolo desenfocó la mirada y pareció reblandecerse. Trató de pescar el recuerdo.

—El niño del abogado, ¿no? El que se murió de sobredosis hace veinte años.

—Ese mismo. ¿Lo conociste?

—Un carajote, el pobre. Yo estuve con el Nandi la noche que se murió. Lo vi *tirao* en la calle, blanco-blanco. Todo el mundo pasaba de él creyendo que estaba borracho. Lo llevé al Olivillo, cargándolo. Pero no pudieron hacer nada. Se había muerto. De sobredosis. Qué penita.

La evocación del Nandi no aflojó la tensión entre ambos.

—El martillo —pronunció Bechiarelli como si dijera «Lenin» o «subsunción real» para regresar al tema.

—¿Qué le pasa al martillo? —Manolo enseñó sus manos—. Me lo ha *quitao* la policía.

—Tú le metiste el bimbazo al Grabié Araceli con un martillo —dijo como si la herramienta estuviera forjada en el material con el que se hacen las rabias.

—¿Yo? —Se señaló y se rio con la nariz.

—Por amargarte la vida, Manué. Por acusarte de robar, por comerte un marrón y no defenderte. Por echarte. Por meterte en la cárcel. Por venganza. Tengo testigos de que estuvisteis en La Tierra Prometida. Llevabas tus herramientas. ¿Qué más quieres que te diga?

Había una suerte de cotidianidad en Manolo Nogales con las situaciones acusatorias que lo hacía inmune a las palabras de Bechiarelli. Como si este solo fuera un momento más de una vida azarosa enfrentándose a la normalidad de lo anormal.

—Llama a la policía. —El tono vacileta de Nogales enervó a Bechiarelli—. Si tan seguro estás. O díselo a la *arcardesa*, que es la que tiene interés en saber.

Y se giró para irse como si hubiera acabado el Consejo de Seguridad más tenso de la Guerra Fría. Bechiarelli supo que, si no lo provocaba, la muralla que lo defendía no iba a derruirse con su artillería francesa de recuerdos y advertencias con las que Nogales se hacía tirabuzones de indiferencia.

—Mira, quillo, te lo resumo: gente que no había dado un palo al agua en su vida, que no había estado a pie de tajo soportando presiones, malas caras, listas negras, piquetes con heridos, represalias, familias rotas, suicidios, miseria, perder la esperanza y el trabajo, esos pijitos, hijos de papá que se habían leído cuatro libros de teoría radical y te soltaban cada cuatro palabras «condiciones objetivas» o pamplinas parecidas, esos te dieron por el culo. Se montaron un teatro en el que tú ya no valías como héroe del pueblo ni de la clase obrera, te pusieron en la lista de los traidores, la etiqueta de mal obrero que aprendió en la calle y en los bares, en los tajos, no en los libros, te convertiste en un invisible, uno de esos que dejan de interesar al grupito que lleva la voz cantante porque avisaste de los manejos de Pecci, porque estabas con Esther a muerte, porque sabes de qué va esto. Porque perdiste los nervios con Gómez y ellos no te defendieron, te dejaron solo frente a los que siempre te dijeron juerguista, borracho, radical o cobarde. ¿Digo mentira?

Nogales adoptó el rictus serio del que se pone en guardia mientras escuchaba la arenga del comandante Bechiarelli, que aumentó los grados de vehemencia e intentó hablar con la ráfaga de verdad de su herida. Nogales se quedó en silencio, con uno de esos mutismos de compañero torturado que no cederá y nunca dirá ni un solo nombre.

—Te acusaron de robar y te aplicaron la reforma laboral más chunga. Hasta el día que te enteraste de que Gabriel Araceli fue el que te señaló en una conversación con Gómez. Y entonces te aliaste con Martínez de Munguía. —Bechiarelli hizo una pausa dramática en la ópera de los tres centavos que estaba componiendo—. Y te convertiste en la mano ejecutora de los intereses del Estado y los patrones, la mano invisible que quitó de en medio al líder carismático, al ídolo de las masas votantes. Por dinero. Por un trabajo. Por el perdón de Gómez. Has creado un mártir, Manolo, un mito a partir de un mierda. Soñarás con él en la cárcel cada día.

El otro negó con la cabeza apretando los dientes. Bechiarelli se dio cuenta de que la vehemencia ya no era solo provocación, sino exorcismo verbal de su propia magulladura.

—¿Qué sabrás tú? —escupió Nogales con rabia.

Tomó aire y suspiró como si se preparara para una inmersión en el recuerdo de aquella noche.

—En una reunión con sus chupaculos empezaron a rajar de Claudio Elizondo porque había defendido a unos parados que tuvieron sus más y sus menos con Gabriel. *Na*, pamplinas. Yo me callé. Por no liarla. Pero luego fuimos a inaugurar el local de la gente de Cádiz Contra el Frío. El Gabi habló de la justicia, del reparto de la riqueza y de la esperanza revolucionaria que representaba. Y yo dije: «Será cabrón el tío este». No pude creérmelo porque, mientras hablaba de justicia, estaba condenando a un pobre hombre. A un compañero. A un hermano. Claudio es un *pesao*, pero era un compañero. Alguien que había estado en los momentos más duros, detenido, jugándosela, cuando no había tanta gente, tantos militantes. Yo no robé *na*, lo único que hice fue repartir herramientas para que varios colegas sin material se buscaran la vida con *chapús*, y les hizo el apaño. Pero dijeron que yo había *robao*. Todo fue un montaje porque Esther me quería en su equipo, *al laíto suya*, y quería que estuviera en el Consejo Ciudadano.

Me echaron como si fueran los que hicieron la ley. Con una mierda de dinero por el despido.

Los ojos de Nogales fueron dos charquitos tras la lluvia. Bechiarelli quiso darle consuelo y decirle que entendía el viaje del soldador al militante, los años de soledad, la desidia, la desgana como años de levante soplando fuerte en el corazón.

—Cuando estaba ya en las últimas, sin casa, porque me echaron por no poder pagar, sin familia, y paraba en una de esas casas que tiene Sabajanes ocupadas, porque me habían desahuciado de la mía, empecé a hacer *chapús* en las casas del Munguía. Yo sabía qué querían de mí. Pero ni mijita. Por mediación de Esther y José Mari Sabajanes, que yo lo sé. Esa niña tiene corazón. Es tremenda. Tuve que defenderla de las mentiras e insultos de Gómez. Se me fue la cabeza, la *verdá*. Me equivoqué. Me la tenía *jurá* desde lo de su padre. Así es la justicia.

»Pero es que yo sé que van a por ella. Porque es ella la que está intentando parar lo que el padre de Gómez y los mangantes empezaron hace muchos años: destruir piedra a piedra nuestros puestos de trabajo, lo que éramos, nuestras familias, los sindicatos que se habían *partío* la cara por defender la carga de trabajo. Lo desmantelaron todo sin miramiento ninguno cuando la reconversión. Ya podíamos nosotros secuestrar al director de la factoría. Se acabó. Nos pusiéramos como nos pusiéramos. Lo que queda, que ya es, queda gracias a nosotros, a nuestros cojones, a estar en la calle. No sé qué coño le pasó al Grabié, pero a ella sí sé lo que le va a pasar —predijo con la fatalidad en la voz.

»Esa mañana estaba yo en planta a las cinco y media. Tenía bastante faena. Iba de camino de la obra que está cerca y lo vi pasar *to* ciego. Cosa rara. Me cagué en mi puta madre por la suerte mía. No quería ni verlo en pintura. Pero se alegró de verme. Nos fuimos al bar ese. Lo escuché. Me dijo que iba a acabar con Esther y que quería mi ayuda. Le dije que no lo hiciera. Era un *desgraciao* que se había quedado solo. Solo valía para separar a la gente. Para enfrentarla. Y a mí me quitó las ganas de seguir luchando. Yo sabía que ese nota iba a pagar algún día los desbarajustes que creaba. Y los pagó. Era un tío sanguinario e inhumano. Lo dejé *to* ciego y me fui a la obra que está ahí al *lao.*

«Joder, Manolo», se dijo Bechiarelli conmovido, y guardó un silencio meditabundo. Nogales agachó la cabeza como si se le hubiera acabado la cuerda. La figura política de Gabriel Araceli se había construido, a modo de robot, que replicaba para ganar siempre la partida y cada jugada que la oposición interna o externa le planteaba. Araceli era un autómata bien parecido, de los que gustan a las abuelas y a los comités de empresa y a las hijas de empresarios. Con labia, sabía captar a los jóvenes para sus juventudes radicales. Pero dentro del autómata había sentado un Nogales, sudado, pequeño y feo, con bigote, con las manos castigadas, que nunca debía dejarse ver en absoluto.

—¿Para qué ibas a la obra, Manué?

—El Larri, el vigilante de la noche, es un personaje tela de problemático. Está robando herramientas y las vende. Yo iba a avisarle de que estaba dando el cante mucho. Y que lo iban a echar. Me da pena.

34

El Termidor gaditano

*L*a prensa gráfica flaseaba a la multitud expectante en un plano largo de las masas de la historia. Tras la media hora de suspensión, el desborde ciudadano se mantenía como el coro de una ópera que se negaba a abandonar el escenario en las arias. La calma en la sala no logró deshacer la pequeña bola de tristeza, tensión y suspiro enconado de los presentes. Esther, después de pedir, exigir y ordenar el desalojo, se dio por vencida. Valoró en una reunión de urgencia con los portavoces y la policía que era imposible sin usar la violencia. No atendió a los requerimientos de Mario Cartago para trasladar el pleno a otra sala y decidió continuar bajo la atenta mirada del pueblo. Julio Gómez y sus ediles habían conformado un concilio de urgencia en sus escaños y parecían ultimar una nueva estrategia.

—Queridos vecinos y vecinas —anunció la alcaldesa—. Vamos a continuar con el pleno extraordinario. Les rogaría que guardaran silencio.

Desde el bar donde veía el pleno, Bechiarelli se sorprendió del silencio sudoroso de los congregados. Aquel friso de rostros digno del muralismo mexicano pero con todas las fisonomías de la mezcla de un puerto fundado por fenicios, con gitanerías y mercado de esclavos, que fue la ciudad más americana de la cateta Europa.

El secretario dio paso a las intervenciones de Esther y de los portavoces bajo la atenta mirada del coro del pueblo gaditano. La alcaldesa expuso los logros de su mandato con una verdad y honestidad que alcanzó las fuentes de sus lágrimas.

—Rara fue la vez que me escuchasteis decir «no puedo». Porque dije más veces «yo debo».

Tiró de memoria para recordar las emociones de su investidura. Aquel día en el que citó a Clara Zetkin en su discurso de posesión y se dio un baño de masas desde el balcón del ayuntamiento agitando el bastón de regidora. Recordó que ahí empezó la guerra de la que enfrentaban la última batalla.

—Necesitamos soñar despiertos. Soñar que el proceso está en marcha y creerlo. Verlo marchar y que responda a la defensa de los más, de los más necesitados. A sus necesidades materiales.

En la intervención de Cartago, Bechiarelli supo que aquella fiscalización ciudadana lo hacía vulnerable, ya que el edil conservador moderó sus soflamas habituales, trastabilló en su discurso y descuidó la desnudez y crudeza de algunos argumentos liberales que en ámbitos más favorables aparecían como el sentido común.

—Hoy comienza un nuevo día para esta ciudad. Se acabó la nefasta gestión. Se acabó el adoctrinamiento populista. Se acabó el sectarismo, las ideas en contra de la libertad y la democracia. Aquella libertad que forjó una Constitución en esta ciudad. Hoy se terminan las amenazas y el matonismo. Los alardes de terrorismo chusquero de los radicales. Esos que se creen muy listos por usar el latín. No podemos permitir que la señora que se da golpes de pecho sobre la moralidad y la ética venga aquí a aterrorizarnos. Hoy se acaban los contratos y dar trabajo público a gente de la calaña del señor Pecci. Hoy se acaba la manipulación de los hechos.

»Hoy empezamos a trabajar para que esta ciudad sea segura, tranquila, familiar. Por eso les digo: fue y es mi deber detener la venezolanización de Cádiz. Se acabó estar presos de un sainete populista manejado por la señora Amberes. Hoy se acabó el empecinamiento de un equipo de gobierno por apoyar las derivas autoritarias como esta. Estamos viviendo una situación de extrema gravedad que fomenta la crispación y vigilancia de la dictadura de los radicales. Váyase, señora Amberes. Dimita.

Julio Gómez sorprendió con una batería de datos y memoria en la que Cartago no salía bien parado: malversación, negligencias, amistades con corruptos y huidos de la Justicia, declaraciones en el límite del insulto y un alegato-río en defensa de su decisión. Gómez también hizo alusiones a que en Poder Popular prefirieron las fantasías populistas y el asesoramiento de un condenado por la Justicia antes que una reunión de consenso con su partido.

—Mi decisión está con el pueblo de Cádiz —dijo el socialista con más miedo que vergüenza.

Llegó la hora de la votación.

—Votos a favor —dijo el secretario mientras los concejales de Cartago levantaban los brazos.

Gómez y los suyos votaron en contra de la moción a mano alzada.

La ovación fue una explosión de júbilo. Un rugido. Esther se levantó y admiró en silencio el salón de plenos, electrizado, lleno de aplausos, abrazos, consignas, palmoteos.

—¡Ole el arte! —gritó uno.

—¡Viva Cai!

—¡Mociones *pa comprá* gambas!

—¡Vivan los cien mil hijos de Fermín Salvochea!

Cartago abandonó el salón de plenos con la determinación del traicionado cavando un túnel en el júbilo de todos. En la rueda de prensa, calificó a Gómez de traidor y de garante del caos. El pálido reflejo de un político que es fiel a su palabra.

—Estamos viviendo los días más oscuros de este ayuntamiento. El plan venezolano se ha cumplido y crea un precedente antidemocrático. Todo ha sido una maniobra orquestada por la señora Amberes para que no se pueda ejercer la democracia, para que los ciudadanos que representamos a Cádiz no podamos ejercer esa labor con tranquilidad. No cejaré de denunciar la injerencia extranjera en los graves sucesos de esta terrible jornada contra la libertad. Pronto tendremos las pruebas de que esto es un golpe de Estado a los representantes elegidos democráticamente. El señor Gómez ha perdido la oportunidad de su vida de hacer democracia.

Antonio Pruna mostró la vehemencia artificial de un indignado jugador de fútbol ante un resultado negativo para un club grande frente a uno modesto ante la prensa.

—La señora alcaldesa es responsable de nuestra seguridad y ha permitido una masificación peligrosa en el salón de plenos. Los alborotadores que invadieron el pleno venían roídos por la ambición, despreciando al pacífico pueblo en nombre del cual hablan, aborreciendo a la gente que crea los puestos de trabajo y la riqueza de esta ciudad. Se los come la envidia y están dispuestos a todo para ser célebres, para que los obedezcamos amenazados por su checa venezolana, para ser dictadores y terroristas. Son una canalla que no ha dado un palo al agua en su vida y ahora se lo da a la legalidad y a la ciudadanía. Intentan robarnos la dignidad con su odio, su frustración, su radicalidad, su perversidad natural. Están locos o fumados, sedientos de envidia. Son los flojos que saquean las arcas municipales. Merecen la cadena perpetua porque son los que matan a sus iguales comprobando si tienen callos en las manos. Ella les ha envenenado la cabeza. Esther Amberes nos conduce al desorden, a la disolución de la sociedad. Lo pagará.

Bocalandro informó a Esther, que se abrazaba y lloraba por turnos con Sabajanes, Lola Bonat y un sinfín de militantes de Poder Popular, de que la gente había salido al balcón de la plaza de San Juan de Dios. Flanqueada por el Consejo Ciudadano de

Poder Popular, la alcaldesa comprobó que, en ese mismo lugar donde dos años antes había alzado el bastón de mando y se lo había ofrecido simbólicamente a los congregados en la plaza, los vecinos de arriba y los de abajo se abrazaban, gritaban, cantaban, bailaban al compás de los lemas en una suerte de celebración ebria y primitiva en la que un canto por tanguillos se impuso:

—El pueblo unido jamás será vencido.

Bechiarelli se había unido a la masa que celebraba y tocaba las palmas a compás. Aquello le recordó ciertas bullas y atascos humanos, salpicados de cachondeo, de un lunes de Carnaval, algunas tardes de domingo en la grada del Carranza, otras celebraciones que también desbordan la individualidad, la soledad, la desesperanza.

35

El *Anhe* Nuevo

Dos días después de la resaca de la moción, Martínez de Munguía lo convocó en la terraza o *think tank* del Liba al amparo de la accesibilidad interclases de las calles de Cádiz, esas en las que corrían paralelas casas de vecinos y palacetes. Bechiarelli solo había tenido que pronunciar «plenos» y el nombre del Larri para ver de cerca a tertulianos de genealogías limpias.

—¿Bequiareli?

Martínez de Munguía era un hombre de castellanos negros, uniformado para los días laborables con un traje de chaqueta azulina que se repetía en su armario con la monotonía del sentido común. Una camisa a rayas de colorines revestía una barriga que desbordaba el cinturón e impedía el abotonado de la chaqueta. Una curva forjada en tapitas y cervezas en la que la corbata sosa era una lengua sedienta. Manos suaves y finas, gastadas al paso de facturas y papeleos, que acarreaban el diario como si fuera el testigo de una carrera hacia los corrillos de notables para comentar la actualidad. Muñecas encorsetadas en un rosario de pulseritas en el que destacaba la roja y gualda. Pelo entrecano, raya al lado y presbicia. Olía a la fragancia del éxito.

—Mi apellido se pronuncia «Beshiareli».

Lo esperaba sentado con su cónclave de sabios, como si estuviera calentando en la tertulia de baja intensidad para enfrentarse al cuestionario del detective.

Señores con rentas de cincuenta trabajadores fijos y sus destinos, teóricos de la destrucción de la familia como baluarte de moralidad, defensores de la realidad establecida, de la gente normal y corriente frente al buenismo, el vodevil de lo colectivo y la violencia del número. Señores siempre entre su autopostulación como solución ante el caos que provoca el malestar social y el entramado sin complejos de sus corruptelas.

—Me pidió ayuda. Y yo se la di —pegó primero Martínez de Munguía sin que Bechiarelli se hubiera sentado—. ¿Qué problema hay con el Larri?

—Lo hizo por su hija. Le pidió un favor.

—Uno es buen cristiano. Ayudo a las Mujeres Contra el Hambre y a Cádiz Contra el Frío.

—El Larri se mete cocaína cada quince minutos y roba herramientas para sacarse un sobresueldo. Stajánov no es. Algún interés tiene usted en él.

—¿Interés? ¿En ese zoquete? ¿Para qué?

—Ha estado liándola en los plenos haciendo de pobre indignado a sueldo, de opositor subvencionado cantándole las cuarenta a Esther. He visto los vídeos. Es un macarra maleducado. Usted le dio trabajo al purgado de Gabriel Araceli, a Manolo Nogales. ¿También le ofreció al Larri un sobresueldo por golpear con el martillo el atril?

—¿Qué tengo que ver yo con ellos? Nada. Nuestra relación es económica.

—¿Va a montar una empresa de renegados? —La ironía agria habitaba en las palabras del detective—. ¿Todavía no son *opositores*?

—Usted delira. Yo doy trabajo. Es mi labor.

—¿Usted da trabajo? Si quiere, podemos seguir así hasta que declaren el centro de Cádiz patrimonio de la humanidad o construyan el museo del carnaval. Yo no tengo prisa.

209

Martínez de Munguía mantenía la calma. Hizo una mueca de desinterés ante la propuesta de paciencia.

—Mire, Bequiareli.

—Le he dicho que mi apellido se pronuncia «*Beshiareli*».

—Como sea —dijo como siempre que se equivocaba con el nombre de sus mayordomos—. Antonio Pruna me advirtió de su estupidez y tontería. Me las conozco porque no es el primer carajote con el que me encuentro. Ni el último.

A Bechiarelli se le heló el gesto como si el viento hubiera cambiado de levante a sur.

—La mayoría de la gente que vive en Cádiz es gentuza que ha tirado por la borda esta ciudad votando lo que ha votado, creyéndose los cuentos chinos de esa mujer. Mire lo que pasó en la moción. Acudieron en su ayuda como un ejército de miserables y de parásitos. Un despropósito que ella había orquestado con su sentimentalismo. Fue como una plaga que asolara el ayuntamiento. Casi un golpe de Estado. Esos que no saben hacer la «o» con un canuto y acabarán en la cárcel. Que yo le dé trabajo al Larri o a Nogales, esos gorrones, es para felicitarse, ¿no? A alguien que ha vivido de las subvenciones, le han pagado la luz y el agua, y él sin mover un dedo. Lleva en la sangre el trapicheo, esa desgana por el trabajo. Yo los conozco bien, señor Bequiareli. Son los que están así porque quieren. Es culpa de ellos mismos. Es una cuestión de genética. ¿Qué interés puedo tener yo en alguien que amenaza a un concejal porque está harto de promesas que no llegan a nada?

Antes de responder, Bechiarelli evocó el mito del uso del granuja por parte de las clases acomodadas.

—Comprarlo. Rematar la muerte de la esperanza.

—Es usted un detective poeta —dijo con asco—. Lo nunca visto.

—Y usted un emprendedor que juega sucio. Lo normal. No hay crimen en eso.

—Mire, yo levanté mis empresas a fuerza de disgustos, sudores, de mucho trabajo, a mí no me venga con eso de jugar sucio.

La vehemencia de Martínez de Munguía emergía de aquel oscuro rincón de su pasado en el que aún latían codazos, mordiscos, trampas, putadas de hacerse un nombre.

—Yo empecé de la nada. Y aquí estoy. Muchos de los que conozco y trato no dieron un palo al agua. Lo heredaron todo: fincas, empresitas, contactos. Yo me lo monté todo desde cero. Así que no me cuentes pamplinas.

El detective leyó en el gesto del empresario la preocupación del adicto al trabajo. Quizá a Martínez de Munguía le fue fácil renunciar a sus ideales de juventud. Y la usura fortaleció su renuncia en un proceso en el que su voluntad fue aspirando solo a objetivos alcanzables hasta dejar de codiciar deseos determinados en la cima de su riqueza.

—Estuvo presionando a Gabriel Araceli para que le agilizara sus obras con la ayuda de Pablo Pecci. Y menos mal, otros meten droga para que la gente se vaya de sus casas. Limpieza, ¿no?

—Claro. Los políticos están para eso. Para resolver los problemas, para ayudar en los negocios y a progresar. Y yo tengo uno con ese solar. Él quería mi ayuda, quería que le echara un cable con la prensa y con la oposición. Me dijo que estaban con el agua al cuello y necesitaban acabar con ella. Eso me dijo. Me prometió que intervendría para agilizar el tema del solar y darme la licencia de obras.

—Insistió mucho para asistir a la cena de la moción. Usted fue el que no dejó que Gabriel fuera a la famosa cena de los notables.

—No era el sitio para Gabriel todavía. Había que probarlo.

—Tampoco era el marido ideal para su hija, ¿no? Lo usó hasta que dejó de ser concejal. Luego lo tiró a la basura.

—Era su destino. Una casualidad terrible. Mala suerte. Y saque de su cabecita tendenciosa que yo tengo algo que ver con esa tragedia. La peligrosa es ella. Y lo siento por mi hija, porque está muy afectada. Y confundida. ¿Quién no ha tenido inquietudes sociales en la universidad, ha leído cosas y ha querido cambiar el mundo? Ya despertará del sueño. En cuanto esta gentuza se meta en su casa y le pida para comer. Es lo normal, Bechiarelli. Le pasa como a ese chavalito que va con usted mucho.

—Bocalandro.

—Sí, Bertito. Es hijo de unos amigos muy queridos.

«Bertito», repitió mentalmente Bechiarelli.

—Ya se le pasará el ímpetu —dijo como una profecía—. Y sabrá que Esther lo ha embrujado con sus mentiras y prédicas.

—¿No temió perder a su hija para siempre?

—Mi hija sabe cuidarse sola. Es mayorcita.

—Pues por ahora sigue en sus trece.

—Les queda poco. Lo que viene acabará con sus tonterías. Mi hija se dará cuenta de que lo mejor para esta ciudad es que haya gente que cree empresas, que genere tejido económico, que trabaje y tenga unas creencias sólidas. Y no pedigüeños, ni profetas ni populistas. Necesitamos a la gente normal y a patriotas. La muerte de Araceli es una tragedia pero quizá ayude a calmar la crispación. No es buena para los negocios, no es buena para Cádiz, no es buena para nadie. La gente quiere paz y tranquilidad. No altercados ni disturbios. Ni algaradas en los plenos, que son la vergüenza de este país. Lo que sigo sin entender es qué tengo que ver yo con un simple vigilante.

—Nada —mintió el detective—. Se suele jugar con los peones para dar mate a la reina. El Larri actúa como víctima a sus órdenes. Pero es una víctima también.

—Déjese de jueguecitos de espías y de tocar los cojones a la gente que puede ayudarle. No hay nada peor que creer que algo va a cambiar así como así. Lo importante es el trabajo. Ganarse la vida. Y mejorarla: comprar una casa, un coche, avanzar. Y dejar a los otros en paz. Lo importante es que uno salga adelante. Para dejar de ser pobre hay que currárselo, no esperar la caridad ni el maná de una bruja.

—Pues de momento la cosa sigue como sigue.

—Yo solo pienso en el bien de Cádiz. Ustedes deben volver a confiar en los que saben, en los técnicos, en los políticos, dejar de lado a dioses extraños, hadas mágicas y a las Astartés que dicen ser las diosas de las utopías. Deben ustedes servir a la ley. Así nos librarán del poder de los filisteos y de los populistas que mantienen a los vagos y parásitos de esta ciudad. Cádiz está fatal: Cartago, un cabeza de chorlito; Gómez, otro cabeza de chorlito; Araceli, un carajote; el loco de Elizondo, otro carajote; y el pueblo de Cádiz, *acarajotao, acarajotao, acarajotao.* Les queda poco. La gente normal, la de bien, se está hartando de ellos. La moción de censura no quedará impune, se lo aseguro. Todo se paga. Don Antonio Purna será el ángel exterminador. Ella lo pagará. Es mala y es muy fea, no es de mi gusto, jamás me acostaría con ella.

213

36

Pacto germano-soviético

*B*ocalandro le había dado el recado de que Esther pretendía entrevistarse con él a pesar de su agenda y de los actos de conmemoración de la Constitución de 1812. La alcaldesa buscaría un hueco para Bechiarelli. Esperaba órdenes y contraórdenes, encarguitos, *mandaos*, caprichos de seguridad o guiños y poemas en prosa sobre el triunfo del pueblo en una jornada histórica mientras él leía entrelíneas y buscaba sutilidades en los deseos de su clienta.

—Qué querrá esta ahora.

El maratón de ceremonias comenzaba con el acto solemne de entrega de las distinciones de la Provincia de Cádiz. Plantel de enchaquetados, beneficiarios del reparto de cargos, consortes en segundo plano y coches oficiales. Bechiarelli intentó un acercamiento en el salón regio de la Diputación. Esther se mantuvo cercada por cargos medios de su partido, homenajeados y funcionariado afín. Con ese imán religioso de diosa de las relaciones políticas. El sosiego se había instalado en el rostro de la alcaldesa, que repartía sonrisas y atenciones para todos. Hasta departió con Julio Gómez. Bechiarelli no tuvo más remedio que seguir a la comitiva hasta la ofrenda floral en el Oratorio San Felipe Neri. Le aburrió la visita al Centro de Interpretación de la Constitución y la *memorabilia* liberal.

—Ay, la Pepa, la Pepa —dijo para sí con poso irónico ante aquella reconstrucción fantasiosa de los míticos tiempos constitucionales.

Esos que conforman el gran relato fundacional de una ciudad culta, liberal, que resistió a los franceses. Y que siempre hacían desaparecer al pueblo cuando Bechiarelli evocaba la imagen de su madre limpiando, uno a uno, los cristales de una lámpara en el salón de la familia Gómez. Un sueño de sombra.

Al llegar al Oratorio, se sorprendió cuando vio aparecer a la Paqui disfrazada de dama de alcurnia con miriñaque y micrófono. Iba a realizar una *performance* histórica para deleite de los notables que homenajeaban a la mítica Constitución. Un sainete que pondría el punto y final al aniversario en el que la Paqui salpimentaría con su gracia y salero los lugares comunes de la historiografía constitucional, de unas Cortes en las que no hubiera podido participar como diputada. Bechiarelli observó el corsé, la falda con miriñaque, el bolsito. Mientras se acercaba a ella por la espalda, solo pudo pensar en aquella contraseña secreta que ambos compartían.

—La cúpula, Fernán Caballero —le susurró justo antes de que comenzara el sainete frente a los enchaquetados.

La referencia a aquella escritora costumbrista y conservadora que usaba el seudónimo masculino descentró a la Paqui, que se turbó a pesar de la palidez de señorita *sicur* que cubría su rostro heredero de las gitanerías y negritudes gaditanas. Ella lo fulminó con la mirada mientras Bechiarelli le tiraba un besito. Esther, a pesar de estar atrapada en el protocolo y los corrillos, percibió la comunicación entre ambos.

—La Pepa, ay, la Pepa —comenzó a declamar la Paqui.

Los aplausos corporativos cerraron su actuación y los actos conmemorativos. Después de los saludos y felicitaciones, Esther y la Paqui coincidieron en la órbita del detective.

—Tú primero, que para eso está el protocolo —concedió la actriz a la alcaldesa.

Esta le dedicó una sonrisa cómplice que contrastaba con la seriedad institucional del rol que había desempeñado hasta ese instante.

—Oye, muy bien el monólogo —dijo, la abrazó y le dio dos besos.

—Gracias —correspondió la Paqui mientras las manos de Esther se quedaron en sus manos—. Tendríamos que hacerlo de una *mari* del Doce, seguro que cambia la perspectiva, ¿que no?

—Claro. Pero seguro que se me echan encima estos cabrones —dijo la alcaldesa en un susurro cómplice en alusión a quienes empezaban a regresar a los despachos.

—Pues ya sabes, compañera. —Bechiarelli sonrió a Esther con franqueza—. Todo es ponerse.

—Una sirvienta es lo suyo —concretó la Paqui, y luego se dirigió a Bechiarelli—: Ahora hablamos, Rafaé.

216   La Paqui se alejó consultando su móvil. Esther enfrentó a Bechiarelli con muchos menos cuidados y ninguna sororidad.

—Déjalo —dijo taxativa.

Bechiarelli, por un momento, creyó que Esther se refería al pequeño animal que gruñía cuando la veía, a su obsesión corporal que era la cosificación de la compañera alcaldesa, al imán que sentía cuando estaba cerca y lo obligaba a una mirada cargada de deseo.

—Que deje el qué. —Bechiarelli se hizo el tonto—. ¿La investigación?

—Se acabó. Toma.

Le alargó un cheque con un montante que superaba con creces las tarifas del detective diplomado. Bechiarelli se asomó a la cifra. Agarró el papel. Quiso doblarlo y guardarlo. Pero Esther no soltó el cheque. Le aguantó la mirada.

—Nada de rollos de seguir sin mi permiso —ordenó—. ¿Te has enterado?

—A sus *órdene* —acató como un sargento chusquero.

Bechiarelli completó el ciclo vital de un cheque en su presencia y este acabó en su bolsillo.

—¿Por qué ahora? ¿La investigación molesta?

—Porque si lo dejamos, se desbloquea la negociación de los presupuestos. Y esta ciudad necesita presupuestos. Además, se aceleran varios proyectos que estaban estancados o bloqueados. Estación de autobuses, hospital… Y que nos tenían asfixiados. Es justo y necesario. Yo sé que esta política está hecha para que no ganemos nunca, pero poco apoco.

—Pactaste con Gómez. Entrará en el gobierno, ¿no?

—Hice lo que tenía que hacer. Política, llegar a consensos —suspiró Esther—. Tenemos que seguir adelante.

—¿No quieres saber qué le pasó?

—Si no hay conexiones con el Ministerio, no.

—Esther, por favor. Ya está bien.

—En estas cuestiones lo importante no es saber quién le dio el golpe —dijo Esther seria—, el rempujón o la *mojá*, es saber quién pagó el cuchillo.

—O la espiocha.

—Gabriel se equivocó. Creyó que tenía poder pero no lo tenía. Eso es algo que se aprende rápido después de un pleno como el que tuvimos.

—¿Irá Manolo Nogales a la cárcel?

Esther negó con la cabeza y dibujó una sonrisa. Bechiarelli frunció los labios y asintió como si agradeciera la noticia. Antes de hacer el mutis, el detective tuvo miedo de preguntar, pero se lanzó. Sintió que estaba consultando el terrible oráculo sobre su futuro inmediato.

—¿Antonio Pruna?

La profecía se demoró unos segundos. Esther borró la sonrisa, repitió la negación con la cabeza, cerró los ojos. Inició la retirada con dignidad de sacerdotisa, pero se dio la vuelta.

—¿Es tu novia? —preguntó señalando a la Paqui.

Bechiarelli se mordió la lengua.

217

—Tienes suerte de estar con ella, es una tía con mucho arte. Me habló muy bien de ti. Gracias a ella fui a verte.

Esther se acercó a despedirse de la Paqui. Se rieron y se besaron bajo las lápidas, placas y recordatorios en mármol lleno de nombres de hombres insignes.

—Yo, carajote *perdío* —se dijo el detective.

37

¡Viva la Pepa!

El rostro anochecido del Larri se asomó por la malla verde.

—¿Qué pasa?—gruñó como si llevara horas sin hablar—. *Home*, Rafaé, ¿otra vez?

—Qué pasa, Larri. Hablé con el Porquería y me dijo que te trajera una cosita. Además, echo de menos el cubículo. Fui vigilante como tú.

—*Po* vaya mojón, *pisha*. Esto es un coñazo.

—¿Puedo pasar?

—Dale. Así me distraigo.

Le franqueó la entrada a la obra y al cubículo. Olía a porro y a cerveza derramada. El Larri se desplomó en la silla como si lo hubiera derribado el francotirador del aburrimiento. Bechiarelli se encendió un *macafly* y se lo pasó.

—¿Cómo conseguiste el curro este, quillo?

—¿Este curro? Hablé con la Pepa y me dijo que había una tía que me podía echar el cable. Y me lo echó. Y aquí estoy perdiendo el tiempo.

—Y con el concejal, ¿no hablaste? El que mataron.

—¿Otra *ve*, Rafaé? ¿Qué te pasa con el nota ese? Yo no. No tuve *na* que *ve* con él.

Bechiarelli abrió las piernas, adelantó el pie izquierdo. Se cuadró en posición de ataque.

—¿Y el otro curro? —le escupió—. El de ir a liarla a los plenos.

El Larri lanzó una humareda del porro. Se retrepó en la silla como si hubiera oído la alarma de bombardeo en Dresde o fuera el día 18 de agosto de 1947 y se hubiera producido la primera explosión del polvorín de la Armada.

—A mí que me registren.

—Te he visto en los vídeos.

Bechiarelli le mantuvo la mirada, desbrozadora de excusas, mentiras y justificaciones. El Larri se levantó de la silla y abrió los brazos como había visto millones de veces a futbolistas pidiendo explicaciones al árbitro.

—Fui un par de veces y ya está. Si lo hice fue porque estaba *desesperao*, Rafaé. Tieso. Tú habrías hecho lo mismo que yo.

—Trabajabas aquí ya.

—Por un mojón. En negro. Me redondeaba la cosa cuando el Munguía me llamaba para ir a liarla. Además, no le podía decir que no. Me echaba.

—¿Cuánto?

—Depende de cómo saliera la cosa. Si salíamos en el telediario, un dinerito.

—¿Y cuánto sacas por vender herramientas de la obra?

El segundo golpe dejó al Larri al borde del noqueo. Agachó la cabeza.

—A mí que me registren —se mal defendió.

—¿Te registro y te saco el pollo que tienes ahí en el bolsillo de la chaqueta? Ya serían dos cositas. ¿Qué?

El vigilante bufó y se movió por el cubículo como un adolescente en el despacho del director del instituto. Se llevó la mano a la frente midiendo la fiebre de aquel momento que pensaba que nunca iba llegar. Le dio varias caladas profundas al porro y llenó el espacio de humo.

—Mira, Rafaé, yo hablé con la muchacha del Poder esa, y

me dijo que viniera a la obra. Me colé aquí y la casualidad que estaba el jefe y se quiso hacer el bueno conmigo. O porque estaba de visita con el concejal o algo. Uno *repeinao*. Ese hombre se portó conmigo y me dio trabajo. Sin preguntarme *na*. Y hace falta gente como este hombre, que dé trabajo, que se dejen de pamplinas y que den trabajo, las cosas como son. Ese hasta me perdona que me busque la vida con las herramientas, seguro. Si las tiene a *patás*. Aquí nadie controla *na*. La obra está *pará*. Pero, *pisha*, cobro menos que qué. Y me *jarto* de estar aquí. No estoy ni *dao* de alta y echo más horas que un *reló*. No puedo hacer otra cosa. Tengo más deudas que vida. El Munguía me lo dijo: «*Ca* uno vale *pa* una cosa y tú hazme caso. Si te portas bien, te meto en plantilla de peón y seguro que mejoras». Me dijo que pensara en positivo, que me pusiera las pilas, si montaba el escándalo me hacía un contrato. Así que cuando me dijo que fuera a los plenos a quejarme, que me pagaría, yo dije: «Del tirón», Rafaé. Quiso que me buscara a alguien. No había que decir muchas cosas. Solo quejarse, meter caña de que esta gente no hace *na*. Que no nos atienden. Cosa que es *verdá*. Y luego, cuando nos echaran, liarla.

—Manolo Nogales te cubre. Y te ha *salvao* el culo, fijo.

—¿Manolo? Ese hombre es un bastinazo, Rafaé. Menos mal que me echa el cable. Porque si es por mí, la lío siempre al final. Yo soy el que tiene la culpa de todo lo que me está pasando, *pisha*. —Se detuvo antes de la confesión, que bajó en decibelios y tono—: Me gasto *tol* dinero que tengo en coca o en las máquinas. Jugaba al póquer en *interné*. Y mis niñas, las *pobresita*, pasando hambre.

—¿Quién es el coleguita que te buscaste para el sainete?

—El Diego, el Gibelino. Un colega.

—¿Dónde está el Diego?

—Eso quisiera saber yo. —El Larri seguía en su paseo de fiera mansa y enjaulada—. Hace tiempo que no se le ve el pelo.

221

Lo único que sé es que estaba *fatá, liao* con las papelas y haciendo pintadas por dinero. Estaba *liao* con la Pepa, que es la que venía a recoger el material.

—¿Quién es esa?

—La Pepa, *pisha*, la Pepa. ¿No te suena la piba esa que se hizo famosa por ir a los plenos antes de que estuviera esta gente? Con el otro alcalde, ¿*sabe* quién te digo?

Bechiarelli asintió. El descenso a los infiernos de la estrella mediática de la política gaditana había sido tan rápido que le dio vértigo.

—La Pepa fue la que vino por la obra la noche del porrazo.

—¿Dónde para la Pepa?

—Creo que para por una de esas casas que unos jipis han puesto para que la gente se meta a vivir. ¿*Sabe* lo que te digo?

Bechiarelli salió a la obra. El Larri se mordía el labio en la puerta del cubículo.

—¿Vas a dar parte? —preguntó el Larri con un tono lleno de porfavores—. ¿Dónde voy a acabar yo si tú das parte? Enróllate, Rafaé.

—De momento, no. Pero deja lo de las herramientas. Y de meterte coca aquí. Por tu bien. —Alzó la vista al encofrado, las redes, los puntales del edificio en formación—. ¿Qué coño va a ser este edificio, Larri?

—Pisos de lujo. Para el turismo.

El detective salió de la obra. «El Larri no se va a comer ningún marrón», pensó. Iba a sufrir eso que ambos conocían bien: la culpa que crecía dentro, que partía las esperanzas en dos, que no dejaba de ser una cárcel tras escuchar tantas veces que eran tontos, ladrones, flojos, que solo valían para trabajar, que no merecían el respeto, que eran pobres, violentos, brutos, catetos, porque querían, porque habían nacido así. La misma mierda que pasaba por sentido común. Se cebarían con lo que era y lo insultarían por lo que debía estar orgulloso.

—El mundo al revés.

A Bechiarelli, de camino al piso franco, la cabeza se le llenó de nombres, de rostros de colegas del barrio, esa gente abollada sin futuro, que habían acabado en la cárcel, entrando y saliendo de la droga, muertos en cualquiera sabe el tugurio de un ataque al corazón después de estar tres días de marcha. Trabajando a diez mil kilómetros de donde murió su madre. Vendiendo tabaco de contrabando, marisqueando de furtivo, tirándose a coger chocos, ortiguillas, pulpos, placas, bellotas, pollitos, Eme, con puesto ambulante en Carnavales, en Semana Santa, haciendo *chapús*, vendiendo latas en la playa, haciendo portes, mudanzas, de escayolistas, fontaneros sin licencia, guardas de seguridad hasta las trancas de coca en un cubículo, la radio puesta, las horas que pasan, las esperanzas que se pierden.

Los que dejaron de creer que juntos podrían cambiar las cosas.

Aquella era su memoria, su gente, sus muertos.

—Sus *muerto*.

223

38

La pluma de Maat

*E*ntró en la casapuerta con la decisión del cobrador harto de dar vueltas, de llamar a timbres y de sufrir las largas y las excusas que le ofrecía cada moroso. Cruzó el patio de solería agrietada, sorteó macetas de tierra seca, apuñaladas por colillas. Preguntó por la Pepa a dos ancianos barbudos que fumaban. Valoraron la pinta del detective, el vestuario no podía ser tan casual para alguien que buscara a la Pepa. Le indicaron una accesoria de puerta sin cerradura.

—¿Pepa? —llamó.

Lo que encontró le pudrió toda la luz primaveral que llenaba aquel lugar desolado. El rostro de Pepa, de aquel mullido de dignidad que argumentaba desde el púlpito del salón de plenos, era una canina recubierta por una piel oscurecida. La vivacidad en los plenos de aquella vecina, su verbo afilado y veraz se habían agotado en la incesante guerra diaria. La talabartería de la adicción había dejado un cuero de aspecto mortífero. «En los huesos, como una saltacañitas, canija-canija», consideró el detective. Casi sin dientes. La Pepa salió a la puerta y se apoyó en el quicio como la famosa canción. Fumaba un cigarro como si fuera el último tabaco del universo.

—¿Qué? —dijo desafiante.

—¿A cuánto vendes las herramientas?

—Depende de la que sea, *pisha*. ¿Qué quieres?

—Un martillo para dar golpes en la cabeza de la gente. ¿Qué? ¿Tienes de esos?

Pepa Cortés reaccionó como si le hubiera escupido en la cara o *echao* un mal de ojo. Le dio la espalda.

—*Tes-qui-par*-carajo, chivato.

—Mira, Pepa, no me des coba que sé qué trapi te has *montao*.

Había indignación, culpa, un surtido de conceptos que hablaban de la condición de animal acorralado y maltratado de la Pepa.

—Tú no sabes lo que yo he *sufrío*. No tienes ni idea, *pringao*.

—Sé que fuiste una estrella mediática de la que nadie se acuerda. Te dicen que qué penita de muchacha porque está *metía* en lo que está *metía*, me lo imagino. Las has *pasao* putas, sí, eso es una cosa que no se puede negar. Pero ¿pegarle un martillazo a Araceli?

—Hijo-de-la-gran-puta. ¿Qué sabrás tú? No fui yo.

Pepa Cortés salió corriendo con la torpeza y escasa agilidad de la que huía de otras maneras de la realidad hostil que sufría a diario. Cruzó el patio y salió por la casapuerta como el que pasa por el túnel que ha escarbado en la cárcel. Los dos viejos creyeron que Bechiarelli era un madero que venía a rendirle cuentas por alguna que otra movida en la agitada vida de Pepa Cortés. Bien disfrazado, eso sí. A Bechiarelli le ganó una angustia opresora, una incomodidad que le retorció el adentro hasta que salió tras ella.

La alcanzó en un jardín escuálido, lleno de meadas de perro, latas de refresco, bolsas de basura, de gusanitos y colillas.

—Pepa, espera. —La cogió por el brazo y tuvo la impresión de agarrar a un esqueleto de una clase de Anatomía.

—Déjame, carajo —gruñó—. No fui yo.

Bechiarelli le dio espacio para que se llevara las manos a la cara y se acuclillara. Pepa Cortés lloró durante unos minutos bajo el conteo expectante del detective.

—Yo no fui. —Negó con la cabeza.

Se incorporó y se dirigió a un banco. Se sentó y se enjugó las lágrimas. Bechiarelli le ofreció un cigarro. La Pepa lo encendió temblando.

—¿Qué te pasó?

—Me pasó que yo me creí que lo de la tele era verdad y que iba a durar más. Pero dejaron de llamarme. Porque no quería rajar de la alcaldesa. Se me acabó el dinero y otra vez en la misma *situasión*.

—Estuviste en los inicios de Poder Popular, ¿no? —terció el detective con el objetivo de hacerla hablar.

—Desde el principio —respondió con orgullo—. *Entregá*. Echando el cable. ¿Sabes lo que te digo? Porque yo también me hice ilusiones. Y creí en ellos. Me *jarté* de currar e intenté ir en las listas. Pero no entré. Mamoneos que no entendí. Ahora, no tienen vergüenza. Vivía en una casa que se cae a pedazos y que se la come la humedad. Tú no sabes lo que es eso, ¿verdad? Mi hija con cuatro años ponía ratas y cucarachas en sus dibujitos. Yo no me acostumbraba, ¿qué quieres que te diga? Tomando pastillas para los nervios. Se mosquearon cuando yo metía a los de la tele allí y contaba mis vergüenzas. Me decían que no sacara en la tele la casa, que era una histérica, estos cabrones que *na* más que piensan en sus cuentas para sacar más votos o mantenerse en las asambleas y que se decida lo que ellos quieren. Yo la sacaba en la tele porque era de vergüenza, ¿eh? Una chabola. Un boquete.

Pepa recuperó aquel torrente verbal, aquella brillantez afilada e improvisada que salía del corazón.

—Entonces el Grabié se reunió conmigo. Me prometió un piso. Salió en el diario y *to*. Y esperé y esperé y esperé. Pero la casa no se hacía. Y todavía es un solar *pelao* y *mondao*. Era un paripé *pa* quedar bien. Yo ya no tenía *na* que *perdé* y fui a los plenos otra *ve*. Pero no me dejaban entrar. Me pusieron denuncias, de *to*. Me echaron del partido. *Jarta* de *to*. Mírame:

nos estamos muriendo. Y ellos sin escucharnos. No nos echan cuenta. Ni siquiera los que dicen estar de nuestra parte. Pasé las de Caín, *pisha*. Me quedé sin dinero, sin trabajo, me dejaron en la calle, a las niñas les mezclaba la leche con el agua para que me durara más, la Junta me las quitó y yo caí en lo que caí, porque estaba *desesperá*. Y me arrepiento. Con crisis de *ansiedá*. Tomando pastillas que me dejaban tarumba o *dormía*. Tú no te puedes imaginar. Me junté con el Diego, el Gibelino, lo peor que podía *hacé*, porque estaba *enganchao*. No sabes la de veces que yo he *dormío* en los bajos del Balneario, días y días. —Tuvo un momento de recuerdo para el Gibelino—. *Porejito* el Diego, porque tú no sabes el frío que ahí se pasa, *pisha*. Ni tú ni esta gente que dice que va a arreglar las cosas. Menos mal que el Larri se enrolló con nosotros. Si no es por él, estaríamos peor.

—¿Por qué no hablaste con Esther?

—No pudimos, el Grabié nos tenía *vigilaos*. De esa gente, solo se salva Manolo. Siempre me acuerdo de ese hombre, el Manolo el soldador, ese hombre era un máquina, todo corazón. El día que a mí me echaron de mi casa por no poder pagar, ahí estuvo él. Y nadie más. Nadie de estos listos. Manolo habló con la Policía. Y casi llega a las manos. ¡Menos mal que no se lo llevaron al cuartelillo! Fue el único que me preguntó cómo estaba. Me ayudó a sacar las cajas, las cuatro cosas que tenía. Calmó a mis niñas. Me acuerdo de las cosas que me decía. Y de sus ojos. Cada vez que me pasa algo, que tengo fatiguitas o pierdo las ganas de vivir me acuerdo de los ojos de Manolo. Que no eran los ojos de los policías. Eso era algo que me ayudaba, que me daba fuerza estando como estoy.

Bechiarelli construyó la imagen como un acto de santidad, como si lo sagrado se hubiera manifestado así, de improviso. Manolo Nogales en la casapuerta atragantada de enseres, antidisturbios, una tele plana de cientos de pulgadas, juguetes, vecinos curiosos y una familia llorando.

—Fuiste tú.

—¿Yo? —Se señaló el pecho—. Ni *mijita*. Fue la puta casualidad, eso te lo juro yo por mis hijas, que es lo que yo más quiero en este mundo, que nos lo viéramos de frente. ¿Qué carajo hacía ese tío a las seis de la mañana por la calle? Íbamos con el carrito de recogerle material al Larri. Tempranito, como siempre, para no dar el cante. Pero a mí se me ocurrió ir a ver dónde iban a hacer nuestro piso. Ese que nos prometieron. Y cabrona casualidad que me veo venir a este parguela por la calle. Riéndose solo. *Morao*. Dando *cambayás*. Solo. Sin guardaespaldas, sin gente alrededor, sin moscones que siempre te dicen que «mañana». «Este me va a escuchar —me dije—, se va a enterar de una puta vez de lo que le estoy diciendo.»

»Se metió en el solar, digo yo que para mear. Salí detrás *suya*. Le digo: «Quillo, ¿te acuerdas de mí?». Así, cerquita de su cara. Se me quedó con cara de tonto. Tenía boca, pero no dijo ni pío. Tenía ojos, pero iba ciego. «¿Tú qué? ¿Que no me vas a escuchar nunca? O qué carajo te pasa conmigo. Venga, dime ahora lo que decías de mí, cabrón», le dije. Me dice: «Todo lo que te ha pasado te lo has buscado tú». Y se rio en mi cara. «¿Yo? —le dije—. Yo fui la que estuvo al pie del cañón todos los días, que fui interventora en las elecciones, que me *jarté* de currar. La que cuando más necesitaba ayuda fue a hablar contigo. Y no me hiciste ni puto caso». Se lo solté así, de carrera.

»¿Tú sabes lo que hace? Se pone a reírse como si yo le hubiera *contao* un chiste. Pero a *carcajá* limpia. «Vete a tomar por culo —le dije—. ¿Será hijoputa este tío?, ¿de qué te ríes, sieso?» ¿Y sabes lo que hace el hijo de puta? Chulearme. Como tenía la *pisha* para mear me dijo que se la chupara. ¡Eso me dijo! El tío cabrón. ¿Tú te lo puedes creer? Que mucho por culo que le había dado, muchos dolores de cabeza. El Diego apareció. Le metió con algo. No sé qué fue. La cosa es que este tío se quedó allí *tirao*. Yo me asusté porque no se movía. Y nos piramos.

—¿Dónde está el Gibelino? ¿Lo han *entalegao*?

—¿El Diego? ¿Dónde coño va a estar? Con los *callaos*.

—¿Cómo con los *callaos*?

La mueca de dolor de la Pepa acumuló arrugas alrededor de una boca de mellas.

—Se murió, el pobrecito mío. *Arrecío*.

Agachó la cabeza y se pasó la mano por los ojos como si no quisiera recordar el momento en el que amaneció sin Diego.

—Dos noches después, en los bajos del Balneario. Estaba malo. Llevamos ya meses en la calle, sin *na*. Me levanté y lo llamé. Pero no me contestaba.

—Me-*cagon*-la-puta-madre —maldijo Bechiarelli.

Ni dijo adiós. Caminó como si quisiera dejar atrás la ciudad en la que la Pepa, a la que dejó llorando, se moría de hambre y pena. Una ciudad que llevaba dentro, como si quisiera alejarse del crimen perfecto que era la impunidad para culpar a los inocentes del crimen de ser pobres, parias, yonquis. Lo que nadie veía porque estaba siempre ahí.

Bechiarelli evocó los momentos en el que todo dejaba de estar perdido para Pepa, en el que todo estaba claro y sus palabras fluían como un río hasta los demás, sin ella saberlo. Palabras que recibían con asentimientos, lágrimas de orgullo, de emoción, de esperanza. Aquel momento en el que habló en el pleno a los que no se dignaban a escucharla y la creían loca.

Aquel otro momento en el que se dio cuenta de que no había hablado a los que creían que ella solo era un voto, o un número en una encuesta. Pepa se dirigía a gente como ella, desesperada, sin nada, a la que sus palabras le habían dado fuerza, esperanza, fe. Diciendo lo que sentía en mitad del desaliento. Y ese momento fue soñar, porque no se podía hacer otra cosa: soñar. En una ciudad en la que había templos a los que se iba a preguntar por los sueños, y a soñar. Como hizo el que iba a ser César, que soñó su triunfo en el Capitolio. Como hacían los que venían a comerciar con el estaño, que soñaban controlar el comercio con los tartesios. O los que atraía

229

la plata americana, que fantaseaban con El Dorado. Como el sueño constante de Pelayo Quintero sobre aquel otro sarcófago fenicio que buscó toda su vida movido por la intuición más perfecta de que existía. Porque estaba enterrado debajo de la que había sido su casa.

Y ese momento fue hablar con más gente, pensar que los demás la habían escuchado, aunque la casa nunca llegara, perdida en el silencio de los que mandaban, en las listas de nombres. Fue encontrarse a los demás, romper el tabique de papel de fumar con la gente que tenía las mismas fatiguitas, o parecidas, las mismas alegrías y esperanzas, o las entendían. Ese momento fue en el que Pepa supo cuál era su poder, supo de dónde venía, quién era, qué quería y cómo conseguirlo.

Y su destrucción.

PRIMERO DE MAYO

39

El señorito con rostro humano

Alfonso Terrón-Perlada tomaba el aperitivo acantonado en la terraza de un bar entre los corrillos de graves señores que comentaban el desastre de la moción de censura, la fortaleza de la alcaldesa y su capacidad de negociación para que Gómez apoyara los presupuestos y agilizara los proyectos de otras administraciones.

Todos ignoraban a conciencia el Primero de Mayo, esa fiesta de sus trabajadores, a los que decían dar trabajo. A los que, a veces, tenían ganas de tratarlos como a aquellos de Chicago que reivindicaron la jornada de ocho horas. Entre repeinados, polos color salmón, jerséis anudados al cuello, Terrón recibió a Bechiarelli con gesto divertido.

—¿Vienes de criado de los nuevos mandarines? —Se rio el patricio.

Bechiarelli negó con la cabeza.

—Documentación para escritores —repitió excusa—. Uno muy famoso, o eso dice él. Quiere escribir sobre el Ayuntamiento del cambio.

—Muy bien. Necesitamos gente lista que nos defienda de la caspa.

—¿Tú también? —protestó el detective.

—Aire fresco, Rafael. Eso es lo que necesitábamos. Aparte

de que me pirra verlos enfadados —confesó señalando a una mesa de contertulios de gesto grave.

—¿Tú no eras de los que se cagan porque le van a colectivizar su casa palacio?

—Mira, Rafael. No hace falta ser pobre para ponerse en la piel del pobre. Yo soy un hombre de la Revolución francesa. Y no creo en las conspiraciones, pero sí en el juego sucio que están montando. Y es bochornoso, cutre, pueblerino. Creo en la democracia de los más. Yo tuve también esperanza, pero necesitamos progresar. ¿Tú no?

—Ya sabes en lo que creo.

—En las gambas cocidas, el jamón de pata negra y en la cerveza fresquita, ¿no?

—La verdad es croqueta. Soy un materialista. Y el progreso es un timazo. Necesitamos un freno. No montar más castillos en el aire. Repartir lo que hay.

Terrón sonrió como si hubiera escuchado un chiste, una salida de tono de un utopista de la línea del introductor de Charles Fourier en estas tierras, el tarifeño Joaquín Abreu.

—¿Escribirá tu jefe sobre Cádiz como un falansterio? —propuso con ironía.

—Me ha dicho que la acción transcurre en un Cádiz mítico. Sale un pueblo pintoresco, gracioso, que sufre una tragedia en sordina: el azote del Paro y de la Miseria, dos poderes de vieja estirpe apocalíptica. Los gaditanos aceptan la desigualdad y las diferencias socioeconómicas abismales porque ven la pobreza como algo inevitable, fruto de la voluntad divina, con la complicidad de la ignorancia y el hacha del miedo.

El detective sabía que se había venido arriba claramente.

—Eso me suena —valoró Terrón agarrándose la barbilla.

—No tengo ni idea de qué va el libro, Terrón —confesó Bechiarelli—. Ni me importa. Me importan los billetes que me da.

—Le hablé muy bien de ti a tu jefa.

Bechiarelli dio un respingo. «*Joé* con la Stasi de la tía, carajo», comentó para sí.

—¿No te has enterado de que Pruna me ha *echao* del local? Ese que recuperé cuando volví del exilio.

—¡Cómo pasa el tiempo!

Bechiarelli suspiró ante aquella lejanía entre alguien que reflexionaba sobre el paso del tiempo con poso metafísico y el que vive en la urgencia de las injusticias, para el que el tiempo es solo un conteo de penalidades y resistencias.

—Cuando a uno le toca, como me ha tocado a mí, las cosas no se pueden ver como maldiciones cósmicas o como sangangui severo. Pero bueno, ¿tú qué sabrás de que te echen de tu casa?

Terrón tuvo la impresión de que Bechiarelli había tensado la maroma de su amistad. El tirón casi lo tira al agua. Pero el detective sabía que Alfonso Terrón-Perlada flotaría. Siempre.

—¿No era tuyo? —Bechiarelli apretó la mandíbula y desvió la mirada—. No tengo adónde ir.

235

La marea de la tristeza y la desesperanza le subió de sopetón y se vio en *aguatapá*.

—Mira, Rafael. Tú dirás lo que quieras pero estoy seguro de que es un malentendido. Aprovecha la oportunidad y cambia de sitio, te vendrá bien. Eres *demasiao* gadita, hijo. Sal, ve mundo.

—Yo el mundo lo he visto aquí, no en el interior —protestó—. Pruna me echó como a un perro.

Había desconcierto en el gesto del patricio.

—Entonces, ¿qué quieres? ¿Que hable con Antonio?

—No podré volver —susurró sin esperanzas—. Habla con él.

Bechiarelli supo que ahí estaba. Diáfana. Clarísima. Cada noche pensando en lo que podía haber hecho por salvar al Nandi. Repitiendo la secuencia de hechos, repitiendo el momento en que vio por última vez a Fernando Terrón-Perlada, su malacara, los rigores de la heroína. Imaginando qué habría pasado si no lo hubiera dejado ir. Y el porqué de su demora en pedirle el favor a Terrón.

—La historia de Araceli me ha removido tanto que no paro de pensar en cuando curré en lo de tu hijo.

Desvió la mirada como si no quisiera reconocer en los rasgos avejentados del patricio la fisonomía de su hijo. Terrón varió su expresión hasta la gravedad de los anuncios oficiales, la historia y sus vaivenes.

—¿Mi hijo? ¿Fernandito? ¿Por qué? ¿Estás de cachondeo?

Bechiarelli suspiró dispuesto a cauterizar aquella vieja herida.

—Hace veinte años ya. Fue algo que no te dije cuando te di el informe. Hubo gente que se lo curró para apartarlo políticamente porque era un extremista, un *pesao*, un enemigo. Y yo dejé que pasara porque creí que así hacía mi curro. Sin política, cayó en la droga. Y así murió.

Alfonso Terrón-Perlada respiró profundamente. De todo el repertorio que parecía acumular en su silencio de rabia y dolor se quedó con:

—¿Y ahora qué? ¿Qué quieres que te diga?

—También te diré que la única persona que le tendió la mano al final fue Manolo Nogales, al que denunció Julio Gómez por amenazas, un currante. Ese al que echó como a un perro el padre de Gómez. Por sindicalista peligroso. Manolo le dio cuelo a tu niño. Fue el que lo encontró y lo llevó al ambulatorio. Tenlo en cuenta cuando te reúnas con los tuyos y con Gómez. Para que lo recuerdes cuando le pase otra vez.

Alfonso Terrón-Perlada dejó que el silencio se adueñara de ambos.

—También te digo, por tu sensibilidad ante el tema, que se está metiendo droga a saco en los barrios más típicos y a la vez más pobres. La pasta está que se regala. He visto colas para pillar. Narcopisos. Esa es la verdadera guerra sucia. No lo de Araceli. Tenlo en cuenta también.

—Yo quería que mi hijo ganara experiencia en la vida, como yo cuando fui joven y rebelde, con una familia como la mía, un anatema —rememoró—. Quería que regresara. Pero todo se truncó. Y ya está.

Terrón-Perlada evitó mirar al detective. Negó con la cabeza.

—Mira, Rafael, me enteré de que te habían echado y fui a hablar con Antonio Pruna. —Le tembló la voz—. No hubo manera. Es un resentido. Un hijo de puta.

A Bechiarelli se le pudrió algo dentro.

—Sigue adelante. Olvídate del local. Ahora hay que pensar en lo que nos viene encima y confiar en ella. Hazme caso, Rafael. Vienen tiempos duros. Oscuros. Las cosas se ponen muy serias. Y ella y todos los que la apoyaron van a pagar caro lo de la moción.

40

Nuestra señora de la esperanza

*B*echiarelli no leyó el panfleto que le había entregado una mujer con chaleco reflectante y logotipo de un sindicato. Hizo un gurruño con el papelito y lo apretó en un puño que quiso golpear su sino de desahuciado. Se esforzó en encontrar a Esther entre la gente que se arremolinaba para desfilar en las inmediaciones de la plaza Asdrúbal. Le sorprendió la convocatoria, después de tantos años sin acudir a la manifestación. Escaneó a la multitud acantonada en busca de alguien conocido.

Allí seguían: los excombatientes de aquella guerra secreta de lo dado, los camaradas oscuros de la conciencia ética, agotados de esperar el fin y el principio, conservados en el formol de la esperanza y la conciencia. Jerséis Marcelino Camacho, barbas, barrigas cerveceras, tabaquismo, presbicias que miraban lo local y lo global. Pero también falsos autónomos, opositoras, soldadores, taxistas, limpiadoras. Y los tres angangos del *after*.

Fue picoteando comentarios de los manifestantes en una suerte de mosaico testimonial sobre la moción, su derrota y los nuevos acuerdos. El museo donde se conservaba la momia de Gabriel Araceli se cerraría en una *glasnot* portátil de la cotidianidad. Bechiarelli sabía que la memoria era conservar el recuerdo de cuáles eran las esperanzas, y la lista de los culpables de su frustración.

—Los del palacio de invierno y el chalé de verano —susurró para sí mismo.

Minutos después alcanzó la cabecera de lo que iba a ser la manifestación con lema consensuado. Allí se encontró con una amalgama de sindicalistas mayoritarios y minoritarios, juntos pero no revueltos, y a Esther como la ungida que había resuelto la manifestación única. Al verlo, la alcaldesa se olvidó del cónclave que la rodeaba, entre las que estaban Mira Martínez de Munguía y Lola Bonat, y lo abordó como si fuera un mensajero del ejército enemigo.

—¿No te dije que se acabó? —dijo áspera.

Bechiarelli sabía que Esther acababa de añadir su nombre a la lista de los que lo llamaban incordio, *entremetío* y chivato.

—Seré breve.

Esther hizo un gesto displicente y preguntó con un gesto a Bocalandro, que hacía de consorte en el friso de rostros que agarraban la pancarta consensuada. Este consultó el reloj y asintió.

—Un ratito —concedió—. ¿Está por escrito?

Bechiarelli negó con la cabeza.

—Te podría hacer un romancero si quieres. Hay cuartetas buenas.

El rostro de Esther se ensombreció. Apenas celebró la imaginería y chispa del comentario sobre el informe oral. Se apartaron del futuro recorrido hasta la pobre sombra de un naranjo en flor.

—Está bien —concedió—. Suelta la parábola.

La paciencia de la alcaldesa estaba en índices de bajamar de las grandes mareas de Santiago.

—¿Sabes quién es Pepa Cortés?

—¿La Pepa? Claro.

—La que puso firmes a Cartago y a los demás con un dis-

239

curso ejemplar en un pleno. La que sacó su casa en ruinas en la tele para mosqueo de Araceli.

—Sé quién es —cortó la alcaldesa—. Estuvo al principio de Poder Popular. Quiso ir en las listas. Pero no salió. A mí me caía muy bien. ¿Qué tiene que ver la Pepa?

—Pepa ha tenido mala vida desde que dejó la política y la tele se olvidó de ella. Se quedó sin la casa que mostraba a la prensa sensacionalista. Se le acabó el dinero de su famoseo. Empezó a tontear con las drogas. Como muchos gaditanos desesperados. Se juntó con el Gibelino, un golfo. Un nota que ha intentado reventar algunos plenos a sueldo de Martínez de Munguía. Vivían del aire. De pequeños robos, de vender lo que se encontraban en la basura, de los comedores, y todos los avíos de la miseria en Cádiz. La Pepa, antes de caer del todo al abismo, le pidió a Gabriel Araceli una casa, ayuda, trabajo, lo que fuera, y pasó de ella. Varias veces.

—¿Y por qué no vino a verme a mí? Podría haberla ayudado.

—Pregúntale a Araceli. Se encargó del caso para que no diera el cante en la tele más. Le fue dando largas, le prometió que la escucharía en una reunión que nunca se concretó para darle el piso que construiría el ayuntamiento, que estaba en una lista de espera, hasta lo vendió en la prensa. Un gran mojón. La Pepa dice que la sacaron de la lista para darle el piso a otra gente más afín a Poder Popular. O eso le dijeron. Desesperados, se fueron hundiendo en la miseria. Aquella noche se encontraron por casualidad después de mucho tiempo.

—Casualidad —dijo Esther como si Bechiarelli usara el argumento de la existencia de Dios.

—Casualidad o justicia poética. Yo qué sé. A veces sucede lo inesperado cuando no se espera. Aquella noche Gabriel empezó reuniéndose con Pecci para intentar asistir a una cena de notables en la que estaban convocados Cartago, Gómez, Elizondo, Martínez de Munguía y varios empresarios importantes. No pudo cenar con ellos porque aún no había conseguido la venia del consenso de los que mandan en la sombra. Luego llamó a su excompañera, Lola Bonat, y se vieron. Se veían de vez en cuando.

Esther Amberes reaccionó a la mención de Lola con una aseveración cómplice.

—Después de hablar con Manolo Nogales en un antro, de camino a su casa, Araceli pasó por el solar. Imagino que se estaba meando. La Pepa y el Gibelino pasaban por allí enfrascados en sus chanchullos y trapicheos. Vendían herramientas y material que el Larri, el vigilante de la obra cercana, les robaba. La Pepa lo vio y se fue para él. *Enflechá*. Le dijo un par de cosas sobre la casa prometida y le pidió explicaciones de por qué no estaba en la lista. Araceli se carcajeó en su cara. Le dijo una pamplina muy grande.

—¿Qué le dijo?

—Una pamplina. El Gibelino, mientras Gabriel meaba, le metió con un martillo. En la cabeza. Luego se piraron y casi se cruzan con los tres anganguillos que pasaban por allí, de camino al antro a meterse rayas. Los que se encontraron la cartera y se la llevaron. Eso es lo que hay.

Esther valoró la versión completa de la noche de Gabriel Araceli con el rostro alucinado por la verdad revelada.

—Joder. —Se tomó la temperatura de la confusión en la frente con la palma de la mano—. La Pepa.

—La tragedia es completita. El Gibelino es otro de los alborotadores a sueldo de Martínez de Munguía.

—Hijoputa —soltó Esther sin pensar—. Un *desengañao*.

—Alguien que vio la sombra del héroe llena de basura —se gustó un Bechiarelli poético—. Pero también es el paria que se murió en los bajos del Balneario. ¿No te acuerdas?

Esther cerró los ojos y arrugó el rostro como si quisiera tragarse el insulto que había dedicado al muerto.

—Coño. No sabíamos cómo se llamaba.

Se llevó la mano a los mofletes como si quisiera sostener la estupefacción en el derrumbe de su rostro.

—Me equivoqué con ella. Me equivoqué con ella —repitió sin consuelo.

—Moraleja: los mayores pecados son los que pasan desapercibidos —explicó el detective en racha—. Y el único pecado que no tiene perdón es el que se comete contra la esperanza. A Gabriel Araceli lo mató un hombre que había perdido su fe, su esperanza en todo, en que las cosas cambiaran para él y los suyos. La esperanza en una vida mejor se quedó en gozar en el sueño de la venganza. El crimen que mató a Araceli no puede juzgarse. El que mató al Gibelino quedará impune. Eso es así. No cometas los mismos pecados que Gabriel Araceli. Aunque vas a cometer otros, porque no eres infalible. Tú misma los has visto: gente desesperada, gente sobreviviente, que ya no cree en nada. Gente que te grita en los plenos. Y a la que pronto usarán contra ti. Te pedirán ayuda, te rogarán, y tú debes escucharlos y hacer lo que te digan. Escucha a la gente, Esther —aconsejó el detective—. A las Pepas y a los Gibelinos.

Esther asintió como si las palabras de Bechiarelli fueran las más importantes del mundo. Aguardó unos segundos mirando el suelo lleno de octavillas. Parecía querer digerir la versión completa como una berza con todos sus avíos.

—¿Dónde está la Pepa? Dímelo.

—En un piso de los de Sabajanes. Si es que está todavía allí.

Bechiarelli comprendió, por fin, cuál era el influjo esotérico que había encandilado a todos.

—Me he reunido con Antonio Pruna. —La alcaldesa soltó el latigazo.

Se envaró ante la proximidad del augurio.

—La negociación ha sido dura.

Suspiró. Bufó. Rezó.

—La finca es municipal. Es nuestra, tuya, de todos.

Celebró mentalmente el golazo por la escuadra acercándose corriendo a la grada de todos los recuerdos agradables que tenía de la oficina; saltaban de alegría. Como si la empresa en la que trabajara en Amersfoort, Holanda, tuviera una sucursal en el Mentidero y hubiera decidido trasladarlo allí.

—Se ha demostrado que fue el que filtró la fotografía desnuda. Y esa foto solo la podía tener quien ya tú sabes. —Esther no quiso pronunciar el nombre de Araceli—. He llegado a un acuerdo: no lo denuncio si me da cancha en varias cosas. Entre los acuerdos estaba lo tuyo.

El detective quiso abrazar a la alcaldesa. Pero no lo hizo. Ella leyó su protogesto reprimido.

—Puedes volver a tu oficina —dijo con una sonrisa que para el detective cerraba su angustioso periplo de refugiado.

—Gracias.

Agachó la cabeza, sobrepasado por la emoción, sabiendo que sus ojos eran dos pozas en la pleamar, llenas de lágrimas. Esther lo consoló posando una mano en su hombro, sonriendo.

—Lo que pasó en el balcón del ayuntamiento después de la moción me lo dijo claramente. El poder popular es la gente que petó el pleno de la moción de censura. Y la paró. Cambiaron el voto de Gómez. Impidieron mi desahucio y montaron una fiesta. Soy contingente. En dos años no se cambia mucho, casi nada —dijo profética, sin los afeites de aquel seguidismo esperanzador de su primer encuentro—. Aquí la verdadera víctima es la gente de Cádiz, los que han *estao* sujetos a los desmanes de derrotistas que solo quieren puestecitos y enchufes. Robaron un recién nacido de la cuna de la libertad, el pueblo. Yo lo sé: la próxima muerta soy yo. Es algo que asumo y no me da miedo. Necesitamos a toda esta gente tomando decisiones, mandando, no a los burócratas. Estamos empezando. Hay que seguir sembrando. Pero hay que pararse y saber festejar.

Esther paseó su mirada por la manifestación, por la gente que empezaba a desfilar sin ella. Bechiarelli, más calmado, se lanzó:

—La primera vez que nos vimos me hablaste de mi supuesta militancia. Si les hacía chapuzas, montaba escenarios, colaboraba en las barras, limpiaba, hacía pancartas, era porque me daba vergüenza estar allí rodeado de gente que se la jugaba, que daba su tiempo por mejorar la vida. Y eso me merecía un respeto. Yo estaba de *prestao*, mintiéndoles, dándoles coba. De alguna manera tenía que compensar y quitarme ese rollo de encima, esa cosa incómoda.

Esther asintió conforme, magnánima. Le hizo un gesto grácil con la cabeza mientras se incorporaba a la manifestación. A Bechiarelli le pareció que flotaba sobre las octavillas. La vio irse con lentitud, pero no la quiso perder de vista. Cuando se dio cuenta, había empezado a caminar. La siguió. El ambiente era de celebración, una marcha salpicada de carritos y de pancartas.

Vio que Esther charló y se rio con varios sindicalistas de pegatina y banderita al hombro. Recibió el abrazo de viejos trabajadores del metal y el beso de abuelas de Tabacalera. Encajó con una sonrisa la puya de un tribuno del pueblo que hace tiempo olvidó al pueblo. Saludó a las vecinas asomadas a los balcones cuando la llamaron y le tiraban los pétalos de sus ánimos y piropos. Consoló a un grupo de trabajadores que le pedían audiencia para hablar de su ERE reciente, como una gran madre que esperanzaba a los que iban a verla. Esther los acogía y escuchaba, se empapaba de las injusticias que narraban y los emplazaba para una reunión y rueda de prensa. Parecía haberse olvidado de la cabecera.

Bechiarelli recopiló miradas llenas de afecto y admiración a su paso, dignas de las que podrían haber dirigido al mítico Fernando Salvatierra. Leyó en la cohorte que la gente había renovado su fe en Esther, que en su divinidad podían vincularse todos, hasta él mismo, al que le había recuperado su oficina. Tuvo la alocada idea de que algunos manifestantes estaban viendo procesionar a Nuestra Señora de la Esperanza, a la que rendían culto de diosa de la fecundidad negociadora de la política. Una deidad a la que habían mostrado desnuda, como la Astarté del Purri.

Después del aluvión y saludos, la alcaldesa marchó junto a Lola Bonat y Mira Martínez de Munguía.

La vio fundirse en un abrazo con Manolo Nogales.

41

Vamos a comprar de comer y de beber con guitarra y timbal y esto sí que va a ser una juerga general

Una mano anónima había considerado como una afrenta para el barrio las pintadas que habían vuelto a aparecer en la fachada de la oficina y las había borrado. Bechiarelli quiso introducir el llavín en la puerta de chapa. Pero estaba abierta. La empujó. El pestazo le noqueó. Olía a *meao*, a humo, a basura. Entró y llenó los mofletes como si fuera a soplar la trompeta del apocalipsis.

Leyó las pintadas en las paredes: «Chivato, guarro, perro judío». Una polla gigante. Los libros por el suelo. Pisoteados. Páginas arrancadas. Gurruños de papel. El viejo fichero había recibido patadas hasta doblarse. La montaña de diarios, quemada con una sombra de humo en la pared. La mesa sostenía un truño de mierda. Humana. El biombo de madera contrachapada que aislaba su catre y el baño estaba partido en dos. La cómoda había vomitado la ropa, que se amontonaba en el mercadillo del allanamiento. El colchón estaba destripado y meado. La pequeña cocina eléctrica, metida en el escusado. El frigorífico tenía las dos puertas abiertas.

—Su puta madre.

El motor del frigorífico crujió como si saludara al detective. Bechiarelli sintió el peso de siglos de pogromos, brotes racistas, irrupciones nocturnas, golpes en la puerta con la determinación de la ley, detenciones, desapariciones. El Saigón en que habían convertido su santa casa derrumbó la fe y la esperanza del detective en la humanidad, aquella que lo rodeaba en la isla amurallada más vieja de Occidente. Quiso irse, coger un Comes, un tren, enrolarse en un crucero como pinche, en un carguero, y no volver nunca más.

—*Macafly* —dijo filosófico.

Dejó la bolsa de deporte en el suelo. Sacó el papel film de la bellota que le había regalado Juanelo. De la meseta color verdoso tomó una porción que dejó un rastro gomoso en la yema del dedo gordo. Aumentó la dosis habitual. Le dio llama y burbujeó. Deshizo el hachís entre las hebras de tabaco de un cigarro arrugado que le había sableado a alguien.

Se colocó el *macafly* en los labios. Lo encendió. Hizo balance mientras el local se llenaba de humo preñado de THC, como si ambicionara ejecutar el rito purificador del humo del chamán desahuciado. Recapituló.

Había cosificado a la señora alcaldesa, como estaba seguro hicieron los tres angangos que encontraron a Araceli en el solar. Pero ella lo había convencido de que aún era posible la esperanza, o algo parecido, cuando más desestimada estaba. Ella le había resuelto la papeleta cuando se había visto en un piso con gotelé y puertas biseladas, sala de espera con marinas, revistas del corazón manoseadas, sofalito, hilo musical, despacho con diplomas y reconocimientos. Había recuperado a uno de aquellos niños del pasado que jugaban con él de chico para saber que, en el fondo, lo odiaban y envidiaban. No sabía por qué. O sí. Por su trayecto de vida o por el amor de una madre que, para ellos, era una sirvienta, pero cariñosa, atenta, que los escuchaba. Se preguntó por la fe y sus verdugos, por cuál había sido el verdadero crimen y sus víctimas, quiénes eran los asesinos y quiénes los mártires.

Sacó del bolsillo el cheque. Observó el montante. Lo que valía su trabajo. Dejó el porro en una esquina de la estantería.

247

Salió de la oficina escopeteado.

Regresó a las dos horas. Cargado de bolsas.

Se sentó a esperar como aquel que mira el cambio de la rueda sentado al borde de la carretera.

La Paqui empujó la puerta de chapa y entró en la oficina como si no quisiera molestar. Congeló el gesto de estupefacción mientras recorría la oficina.

—Carajo. ¿Qué ha pasado?

—¿No lo estás viendo?

Bechiarelli prendió el *macafly* que había dejado en la estantería. La humareda no tonificó el tufo a desastre.

—Ahora sí que voy a tener que pintar y borrar esta mierda. —Señaló las pintadas.

—Qué hijos de puta, quillo.

La Paqui abrió una bolsa de basura y empezó a tirar cosas.

—¿Qué haces? —regañó Bechiarelli—. Estate quieta.

Juanelo apareció en la puerta de chapa con una bolsa de plástico en la que se intuía un papelón y el plástico amarillo de un paquete de patatas. Tintinearon tres litros de cerveza.

—Carajo. ¿Quién ha pasado por aquí? ¿Atila?

—¿Habéis quedado? —preguntó Bechiarelli extrañado—. ¿Esto *qué-e*? ¿Un *complú*? ¿Quién carajo os ha *llamao*? ¿O es que también me vais a engañar, como cuando la Esther os preguntó por mí, *pedaso* de cabrones? Que me huelo la *tostá*.

Juanelo y la Paqui compartieron una mirada que sabía de la llamada de Bocalandro. Se habían confabulado para darle el recibimiento a un Bechiarelli desconfiado y taciturno de regreso del exilio de Puertatierra.

—Yo venía a echarte el cable, *coone* —se justificó Juanelo—. Y ya de paso he *comprao* chicharrones.

—Ustedes sois la Stasi de la alcaldesa, me-*cagon*-la-*ma*.

El de Loreto pasó. Besó doblemente a la Paqui y paseó la mirada por la oficina como su fuera un perito en catástrofes.

—¿Tú de qué eres más, Juanelo?, ¿de reforma o de revolución? —le dijo Bechiarelli como si hojeara un catálogo de decoración de interiores para detectives castizos en peligro de desahucio.

—Métele mano a esto, pero a fondo, y déjate de pamplinas ya, ni pintar ni *parcheá*. Pon perlita —dijo Juanelo como si aquel yeso de moda fuera la respuesta a todas las preguntas.

—Esto parece Saigón en fiestas, carajo —señaló el Purri desde la puerta, que también venía embolsado.

Aquella metáfora vietnamita, tan imbricada en la vida de los tres, les sacó una sonrisa.

—Anda, el que faltaba —ironizó el detective.

Bechiarelli pensó que aquello parecía una comedia liviana en la que los personajes accedían a la escena con una frase fetiche o un chascarrillo que celebraban unas risas enlatadas. La escena final de una película de espías casposos, tramas políticas, saturada de epifanías y subrayados de «un caso de los de pelo». Un sainete de la vida cotidiana bajo el Sitio de Cádiz, o sitiada por la peste, en el que imaginar, para variar, una asociación de seres humanos libres.

Juanelo levantó las sillas y la cómoda. Colocó libros en las estanterías. El Purri dejó la bolsa, sacó un litro y lo abrió. Se lo ofreció a un taciturno Bechiarelli, que estaba metiendo en una bolsa de basura los periódicos quemados. El detective bebió con sed de explorador tras una marcha por el desierto de lo real. Le pasó el litro a la Paqui, que le sonrió, bebió y miró a Juanelo. El de Loreto escanció en vasos de plástico y luego bebió a morro. Brindó.

—Por las reformas —propuso Juanelo.

—Por la revolución —completó con sorna el Purri.

—Por nosotros, *joé* —corrigió como si entonara Bechiarelli.

Unos golpes sonaron en la puerta de chapa. Bechiarelli se envaró como si temiera la percusión de la amenaza. La puerta se abrió. Era Roberto Bocalandro, que venía acompañado del Calentito.

—*Home*, Bertito —saludó con retintín Bechiarelli.

Bocalandro abrió los ojos como si lo hubieran descubierto votando a Julio Gómez, ante su apelativo definitivo.

—Tú eres el que ha convocado a la gente, ¿no, Bertito? —acusó Bechiarelli juguetón.

—*Pasá*, *pisha*, que no os vamos a comer —invitó Juanelo.

—*Home*, Calentito, qué arte —celebró la Paqui—. Qué de tiempo sin verte, hijo.

—Qué fiestón, *pisha* —catalogó el Calentito.

Bocalandro tragó saliva como si fuera el mensajero al que iban a matar con ironías, cargas, *cachondeíto* tras entregar su recado.

—Manolo Nogales se ha muerto.

Bechiarelli suspiró y miró al suelo. «La ley mata a los justos», pensó.

—De un infarto.

Y hay muchas maneras de matar.

—Estaba en una concentración para pedir la carga de trabajo de Astilleros.

Pueden darte una *mojá* en la barriga una noche, negarte una licencia para vender en el baratillo, quitarte el pan, no curarte una enfermedad, meterte en un cuchitril húmedo con ratas y cucarachas, echarte de tu casa, dejarte morir de frío en los bajos del Balneario de la Palma.

—Se sintió mal.

Meterte en listas negras, empujarte hasta el diagnóstico, el tratamiento y el suicidio, detenerte por defender a tus compañeros de tajo, por alterar el orden público, por intentar parar un desahucio de una familia, meterte en la cárcel por robar para comer o por tacharte de terrorista.

—Y se cayó al suelo. Muerto.

Bechiarelli se preguntó de dónde le vino a Manolo esa fuerza que le hacía acercarse a los demás cuando los demás se saltaban la ley con impunidad y compadreo. Por un momento quiso cambiarse el nombre por el de Manolo Nogales, como si quisiera llevarle la contraria a la muerte, al olvido. Y también, por qué no, para despistar a aquellos que querían su desgracia.

—El pobre —susurró la Paqui.

Bechiarelli alzó su vaso de plástico de cerveza.

—Por Manolo —brindó—. Un santo.

Los voluntarios convocados brindaron, bebieron y regresaron al trajín de recoger y limpiar. Sabían que el trabajo no iba a ser trabajo. Iba a ser un hacer en común que pintaría las paredes, colgaría de nuevo el diploma del detective, limpiaría el suelo, que reconstruiría la oficina.

—Gracias, *pisha*. Un detalle —le dijo a Bocalandro un Bechiarelli al borde de la ruptura de la presa del llanto. Le palmeó el brazo como si quisiera transmitir el agradecimiento por el morse del contacto.

—Qué menos —respondió Bocalandro dibujando una sonrisa—. Hemos decidido, en asamblea, hacer público el resultado de la investigación y que los tres inculpados salgan libres. Pepa está en trámites de tener una casa.

Bechiarelli aceptó la resolución con un cabeceo.

Dos horas después, la oficina había recuperado su aire de despacho de gestoría castiza.

Comenzó el despliegue de papelones. El bronce antiguo de los chicharrones, el naranja butano de la manteca del lomo. Queso curado, aceitunas, picos y pan. Bechiarelli fue al frigorífico y sacó las bolsas. El inventario de compras incluía gamba blanca, carabineros, bocas, patas rusas, pechos, jamón de todas las jotas, mojama de *luxe*. El «oh» contenido de la claque fue como un grito sordo.

—¡Cómo se nota que has *cobrao*, Rafaé! —dijo Juanelo—. Qué despliegue, *mare* mía.

—Qué pasote —comentó el Purri fascinado por la intensidad bermeja de los carabineros.

—Me lo ha *cocío* uno del barrio que tiene mucha mano —informó Bechiarelli—. Os iba a llamar, pero parece que se me adelantaron.

—Esto es un dineral. Se ve. ¿Por qué no ahorras? —aconsejó la Paqui—. Te hará falta.

—Soy lo que soy. Vamos a pegárnosla.

La liturgia del pelado de gambas terminó en su consagración como carne de la felicidad. El cascareo fue creando cordilleras de sistema crustáceo y aumentando estadísticas del ácido úrico. En el aire flotaba el perfume ácido. El socorro de los pobres estaba en un cocedero de mariscos, en la diaconía de aquella comunidad en júbilo, comiendo y bebiendo.

Sonaron tres golpes en la puerta de chapa, que se entreabrió. A Bechiarelli se le volvió a encoger el corazón como un jersey lavado a mucha temperatura. Apareció un cincuentón con cara de sefardita, chándal y manos de trabajador de las que colgaban dos bolsas de plástico. Observó el festín sabiendo que interrumpía.

—Rafaé, si eso vengo otro día —se disculpó el hombre.

—Antonio, *pisha* —saludó Bechiarelli acercándose a la puerta—, ¿qué pasa?

—Yo venía a pagarte lo de mi niña. He *hablao* con ella y dice que se quiere venir, que allí está muy sola y *puteá*.

El caso de la chica y el pijo que se fue a la India apareció en la memoria de Bechiarelli, aquel supuesto amor entre dos personas libres e iguales que duró hasta el estorbo de las clases.

—Te he *traío* unas cositas. —Levantó las bolsas—. No es dinero, ya lo sé, pero están *mu* buenas.

—¿*Quiere* una cervecita, Antonio?

—*Amo*-echarla.

Bechiarelli supo que celebraban el simple hecho de estar juntos, la satisfacción de la coincidencia del deseo y del deseado. El Purri se plantó en el centro de la oficina y entonó el primer verso de uno de esos pasodobles que había que cantar por imperativo popular. En el segundo verso se habían unido todos en una tierra prometida de voces.

No sabía por qué, pero a Bechiarelli, con el achispamiento y el morazo vital que sabía que estaba alcanzando, se le vino a la cabeza la imagen de aquel barco blanco en mitad del Atlántico. Cádiz siempre tenía la esperanza de zarpar algún día. O de naufragar. Pero ahí estaban los que flotaban, los que, sumergidos, emergían, y los que se ahogaban. Sobre todo, los que se ahogaban.

Una alegría, una felicidad, aquella vida buena los tuvo comiendo, bebiendo, hablando y riendo un tiempo que no supieron determinar.

Este libro utiliza el tipo Aldus, que toma su nombre
del vanguardista impresor del Renacimiento
italiano, Aldus Manutius. Hermann Zapf
diseñó el tipo Aldus para la imprenta
Stempel en 1954, como una réplica
más ligera y elegante del
popular tipo
Palatino

Nuestra señora de la esperanza
se acabó de imprimir
un día de otoño de 2019,
en los talleres gráficos de Rodesa
Estella (Navarra)